徵婚啟事

30th Anniversary

陳玉慧
JADE Y. CHEN

目·次

三十週年版序

日子如常，生活繼續

那一年在台北徵婚，並沒有找到任何合適的對象，我從巴黎搬到德國，也沒想到，自己很快就閃婚了。

《徵婚啟事》出過許多版本，目前是卅年版即將發行，我從柏林飛來台北，此刻，人坐在台北一家咖啡館，望著窗外。這些年來，那些曾經跟我徵婚的人都去了那裡，他們的人生又過得如何？

那位第三個男人，認為結婚不是辦家家酒的男人？那個從新加坡來的男子，和比他小十五歲原住民姑娘結婚的男子？週末都在棋室遊玩的那一位？去過韓國或日本參加棋賽並得獎的那一位？他一直想當棋王，他當過棋王了嗎，或者還未？至少他結婚了，在我出版徵婚啟事的那一年，他出席新書發表會，並告訴我這麼一個消息。他婚後過得如何呢？那些不要結婚只要「交友」的男人們又在哪裡？仍在婚姻裡嗎？或者仍然在尋找性伴侶？

我想知道他們過得好不好？這卅年來他們的婚姻生活如何？用履歷表來徵婚的男人？「偶爾在家偶而不在家」的修車店老闆？黑色嘴唇天蠍座的男人？還在釣蝦場釣蝦嗎？

那一年台灣才剛解嚴不久，社會環境和氛圍和如今大不同，卅年來，政治變遷、人口老化、城鄉差距，還有這三年來的疫情，都影響著人心，現在大家的婚姻觀又怎麼樣了呢？藉由《徵婚啟事》的新版，我也很感好奇。

我擁有過一個完美的婚姻，很多朋友都這樣告訴我，但那時我不知珍惜，任性及粗心，在十五年的婚姻生活後，把婚姻不小心像瓷器一樣地摔破了。

《瓷淚 China》那本小說是我離婚後寫的，我寫下這一句，瓷器和愛情是世間最容易破碎的二樣東西，真的是。我閃婚又閃離。我在卅歲前從未和男人認真交往，曾經一度非常羨慕別人成雙結對，後來我結了婚就再也沒有那種感覺了，有些時刻，我確實後悔自己把婚姻搞砸，所謂「婚姻需要好好經營」，這種令我不屑的說法，如今我也大致同意了，只是動詞不是經營二字。

離婚後短暫交往了幾個男人，心裡不真的認同他們的存在，但我唯唯諾諾地和他們來往，避免自己傾向孤僻，我欺瞞自己並欺瞞那些人，他們有的在臉書上留言給我，我對他們的甜言蜜語是或酒言酒語感興趣，但沒過多久，我都覺得不能再繼續，關係便不了了之。一位墨西哥男子比我年輕二十歲，奇怪的是，我從前不覺得年齡差有什麼關係，但在他之後，我突然覺得有關係。我不知道他人生要什麼？但這要求也許有點過分，他自己可能也不知道他人生要什麼。這位拉丁男子是感官動物，我並不懷念他，和他分手後，我發現，這些短暫的關係都不值得一提，因為我不上心。對我，上不上心是關鍵。

就像有人在徵婚時需要身高體重的條件一樣，我多半是以結婚為前提做為交往方式，我的對象多半也同意，我在潛意識裡仍然把結婚或成家當成重大的事，正如「徵婚啟事」中的42位男人，男人並沒有什麼不好，只是我過於挑剔。

在徵婚、結婚及離婚之後，我不但不想徵婚也沒打算再婚，更不想「交友」，我想交友但不想在交友軟體上和人交往），這麼多年了，我亦不知那些說他們愛慕我的男人都在做些什麼？墨西哥男子還在吸食搖頭丸和 ＬＳＤ？在電話上求婚並說可以在機場立刻結婚的巴黎男人，我從來沒想過和他結婚，但我們在巴黎相見，我告訴他，我無意發展進一步關係，他轉身離去，才一片刻，我便有一絲悵然，而更離奇的是，這位長得像高加索人並且聲音宏亮無比的男人，在我們告別後沒幾天便過世了，死因不明。他的臉書一直停留在分手之後不久的那一天。

從前我有一個溺愛我的丈夫，現在我的男友對我嚴厲如我已逝的父親，「這是現世報，」一位朋友這麼告訴我，因為她當場看到我如何斥責那位寵愛我而且願意開車載著她們一起遊玩義大利的丈夫，儘管我在他處。如今，我卻成為被斥責的人。

日子如常，人生繼續。

《徵婚啟事》出版30年後，我究竟有否改變？我對婚姻生活的看法又是如何？我想我沒變，我仍然想過婚姻生活，我喜歡二人共享，毫無保留的信任，假設不是那樣的婚姻生活，婚姻對我便可有可無。

二十五週年紀念版序

你不需要徵婚

廿多年了，我對婚姻的想法都變了。廿多年了，柏林圍牆都倒了，雙子星大樓也夷為平地，重造大樓。廿多年，如果是個嬰兒，如今也都長大成人了，世界變化好大，人事早已全非。我也結婚多年，對婚姻的想法已然變了。但徵婚啟事卻還在進行，歷久不衰。

徵婚啟事確實至今仍在上演，在真實的生活中，在虛擬的空間，在影視和戲劇世界裡。而這一本當年的小說也仍在印行、改編、演出上映。實則，我終於明白，不是「徵婚啟事」，而是婚姻與愛情，才是人類永恆的題目。

對我個人而言，這一本實驗性質頗高的小說，是我寫作生涯裡最特殊的一本，不但是寫作方式，文本的呈現亦然，這也是我的創作作品被改編成影視及戲劇最多次的一本。

廿多年來，我還是常常被問到：當初為什麼想到要去徵婚？早說過了，好奇心使然。沒說的背景是，廿幾年前，彼時的我很想結婚，但陰錯陽差和當時的男友沒結成婚，也因此分手，使我有時間回到台北一陣子，並且針對這個議題寫了一本書。

還記得，徵婚那一年，我住在復興南路一棟頂樓的公寓，那一年冬天頗為潮冷，我常穿風衣出門，那時大家還使用答錄機，甚至使用傳真和 BB Call 那一年台北沒有捷運，計程車經常大塞車，約會偶爾因此遲到，大家也習以為常。且彼時星巴克或丹堤咖啡尚未蔓延，要找家像樣適合聊天的咖啡館並不多，所以常在餐館見面。

那一年的徵婚過程，現在回想起來仍然歷歷在目。其實也不是完全沒有危險性，畢竟人心難測，萬一運氣不好遇見壞人也不是不可能，當時我約會都在公眾場所，書中也提到，有人約晚上在公園見，或要拜訪我的住處，我皆斷然拒絕，只是有二次我上了徵婚者的自用車，我在書中提到，當時已經略略不安，現在仍然覺得不妥。不過，因為徵婚所以也認識一些有趣的人，聽了一些有趣的故事。

我在書中沒提到的是，我和其中二位徵婚者互動較頻繁，我甚至一度把他們二位當成朋友，後來我告知他們我將出書，他們雖很訝異，但也未加反對，只是要成為常常聯絡的朋友已不可能，隨後我再度出國定居，沒再往來，他們也都結了婚。我不是與徵婚者完全沒有互動，並非只是記錄者的身分而已。

當年徵婚的行為動機其實並非只是想結婚。除了好奇緣由，已有劇場經驗的我，試圖將文學題材劇場化，徵婚是一個既個人又具群體性的社會儀式和概念，我在徵婚的過程中不但探討了婚姻觀，了解了自身，並且接觸到社會各階層的渴婚男子，對台灣男性及當時的社會有更深認識。

這廿年來，台灣社會也有了變動，婚姻觀與時並進。現在，愈來愈多人接受及認同不婚的行為，與以前相較，台灣社會對單身不婚人士多了寬容。不過，我們社會的「好女孩症候群」（The Good Girl Syndrome）仍然存在，仍然有許多女孩認為，結不成婚的人便是失敗者，沒結過婚或失婚的女性就不是好女孩。還有人產生了一種莫名心理和衝動，「不管如何，人生至少要結一次婚，就算離婚都好，以免遭人嘲笑」。

如今的台灣男生宅化愈來愈多，因此所謂「魯蛇」以及甘心做魯蛇的男人愈來愈多，這便相對增加婚姻的困難。

如今，仍有為數不少的失婚女性認為，婚姻或愛情若無法維繫，那一定是自己的錯，儘管，變心或有問題的是男性，他們都已經出走，懷抱他人，一些女性仍自認為錯在自己，是自己沒有魅力，無法留住男性。甚至，在自責之餘，乃責怪第三者，認定她們勾引了自己的男人，但是，男人若不同意，外遇怎麼可能發生？

在我們社會裡，愈多人認同小三，便愈說明婚姻制度的矛盾和不可依賴，愈多人同情小三，愈發顯現婚姻維繫的困難，「沒有不能拆散的婚姻，只有不努力的小三」，這不是奇特的人性寫照？

而審視今天，我們已進入社交網路年代，不但不需刊登徵婚啟事，而且沒有必要刊登。因為個人的部落格、Line、微信、臉書等等，無一不是個人抒發的媒體管道，廣泛說，也是個人的徵友乃至徵婚的園地。當你在臉書上註記單身或交往仍保有空間，或感情狀態一言難盡等，也就是公開自己的交往可能，這正是祖克伯（Mark Zuckerberg）發明臉書的主要動機，可以說，這個年代不但不需要徵婚啟事，且若有人果真在報紙上刊登徵婚啟事，反而有點多此一舉了。

但婚姻真的這麼重要嗎？沒有結婚以及不能或無緣結婚的人可能覺得很重要，很多人畢生心願可能便是嫁娶，但在結婚多年後，我反而認為，人生不必完全投注在婚姻這件事，更重要的是，明白自己的需要，以及自己喜歡和嚮往的生活方式，如果你能過愉快的婚姻生活固然是最好，倘若不行，至少你過的是自己想過的生活，而不是過一個痛苦不堪的婚姻生活。

但我對一些渴望婚姻並且非結婚不可的人，也有同理心。這是個人的抉擇。畏於未知及未可知、害怕孤單，寧可選擇有伴侶的人生，即便是品質不良的伴侶人生，畢竟無可厚非。我只是想說，這麼多年過去了，我對婚姻或婚姻制度的看法完全不同了。我想說，不是和白馬王子結婚，從此便快樂幸福，不是，真的不是，而且要擁有幸福的婚姻生活，除了緣分還要有點運氣。畢竟幸福的從一而良的婚姻是緣分。還有，忍讓或妥協都可能是維繫婚姻的必要條件。

其實徵婚啟事也是一種生活態度，你不是非要結婚才徵婚，你也不是非要結婚，人生才會幸福。帶著一點往外探究的好奇心，一點往內觀看自己的反省，人生不也很寬闊？你不需要徵婚。

《二〇一四年十月二十日》

二十週年版序

我祝你們幸福

二十年了。

要為這新版《徵婚啟事》寫點東西，倒像是在追憶流水時光，二十年，彈指之間。二十年前，我突發奇想，在報紙啟事欄刊登廣告，開始一場報導式的無形劇場。

無形劇場（Invisible Theatre）是我在巴黎學戲劇的年代相當著迷的一種戲劇呈現，由巴西劇場家波樂（Augusto Boal）所揭櫫的一種劇場形式，波樂於一九七〇年代在阿根廷實驗演出，給一些沒有機會到劇院看戲的人一場震撼教育。

表現戲劇的人不一定就站在舞台，參與戲劇的人也不一定坐在台下，戲劇文本也不一定非得要先有劇本台詞不可。甚至沒有導演和燈光。

可以說，當年我正是與一百多位徵婚者演出一場無形劇，而演員共通的一點便是寂寞單身，《徵婚啟事》是台灣第一場無形劇場。

而徵婚後二十年，我最有興趣知道的是：那些當年徵婚的人都在做什麼？都到哪裡去了？

而我又在做什麼？到了哪裡去了？

我去了德國，結婚，定居於南德慕尼黑，過起家居生活，結束流浪生涯，在這之前，我似乎總是像中國武俠小說裡的拜師求藝之人，習於走動，游牧，遷移。這二十年我勤於寫作，我成為作者，坐著。

我告別劇場，重拾寫新聞報導，我寫了幾本小說，去了數十個國家，訪問了元首或者菁英，去了戰爭現場，做了不少專題，見了無數的人，看過無數的事。

唯一沒做的是生育孩子。

我生了場病，或許是心病。陷入那折磨人的苦痛，我曾經痛不欲生，成天和M到各地尋求名醫，他們沒醫好我，他們中有人告訴我：妳沒有病，妳應該去跳舞。還有人告訴M：她是花朵的話，你便是花架，你這麼溺愛此人，你使她生病。

我們在東德小鎮上找一家怪醫生診所，我們開車去丹麥邊境拜訪一名骨科醫生，我們坐在柏林一位名醫辦公桌前聽他慢條斯理說話。

我們從一棟房子搬到另外一棟。從城市搬到湖邊，又從湖邊搬回城市。我以為是房子的問題，殊不知那是心裡的問題。我總是對自己不滿意，我無法滿意，就算到了天堂也不會滿意，我不但對自己，也對他人，對生活，總希冀著一種改善之感，我無法忍受不完整。

我從意識流走回敘事。我從散文走向小說。我從喃喃自語走到具體篇章。

有一天，我不再病了。

先是慢跑，再是北方走路（Nordic Walking），然後是瑜珈和皮拉提斯（Pilates），最後是氣功和靜坐。

我遇見許多老師，有的教我一招半式，有的教我人生大道理，大部分的來了又走了。他們其實讓我明白，我只能是自己的老師。我擁有的本性應該與佛陀一樣，所以，如佛所昭示，如果我還在街上遇見佛陀，我應當場告別他。

這二十年，我離開人群又回到人群，離開劇場又回到劇場。

離開虛無，回到圓融。

我本來不喜歡溫柔，又逐漸學著溫柔。

這二十年使我明白：生活果真便是戲劇，小說便是虛構的人生，人生何嘗不是？你想像你的人生如何？你的人生便如何。歡樂也好，痛苦也罷，一切因幻念而生，也因幻滅而滅。

我已不是過去那個我了。

這二十年來，徵婚這件事也發生了很多變化。徵婚，這個人類古老行為，已從報紙徵婚欄，轉向網路。而在e時代，社會觀念價值更動，隱私權肖像權的概念也與時俱新，一些令人瞠目結舌的新聞事件不斷發生，相對之下，《徵婚啟事》便顯得單純無奇。

必須說的是，我的無形劇場之書，本來應有五本，當年，我有五個與社會儀式或行為息息相關的創作概念。徵婚只是第一個，但在徵婚之後，我敏感和隱居的個性使我很快地從這個創作形式撤退了下來。

所以，徵婚一書成為我的創作生涯中最獨特的一本書。也成為我的遺忘書。

我喜歡這本書，亦不喜這書。

還記得嗎？《徵婚啟事》被屏風表演班改編成舞台劇多麼賣座？還記得嗎？被陳國富改編成電影又在影展得了多少獎？事隔二十年，此書不斷再版，早已是暢銷書。

如今，華人社會以徵婚為題的戲劇或電影有好幾個，《徵婚啟事》一本小書的影響力之大，令我驚訝。必須說，人人都可以徵婚，人人也可以借徵婚為題，但是，《徵婚啟事》做為原創故事，這是第一本。

二十年之後，在徵婚一事逐漸在現代社會上消失的此時，讀者究竟從這本書裡看到了什麼？

我自己又看到什麼？說來有趣，我看到婚姻制度的矛盾，我還看到當年台灣社會裡的偽善，以及許多邊緣性人物求生存的悲哀。

而人生正因有了悲哀，所以當幸福來臨時，就更值得珍惜。

我在這裡祝福所有當年的徵婚者。

我祝你們幸福。

我祝所有仍然想徵婚的人幸福。

《二〇〇九年六月十五日》

第1個男人

我聽到有人在交談中提到「一見鍾情」這四個字。

他是第一個男人，第一個來應徵的男人，內科醫生。今年五十歲，妻子已去世多年，詢問我一些問題後，約我星期日下午二時見。他說，平常診所很忙，只有週日才有空。他說，碧富邑二樓咖啡廳好了，屆時他會將一份報紙放在桌上，並且坐在靠近入口的地方，以茲識別。

內科醫生準時坐在咖啡廳，他並非坐在他所說的靠近入口的地方，但桌上果然擺著報紙。他抽五五五菸，喝咖啡，穿質料十分高級的暗紅色印花襯衫、藍色領帶，他對我招手微笑，站起身讓我坐下。

剛才看到一個長頭髮女孩的背影，我想大概是妳，他說。但我並未在電話上告知外型特徵。

我坐下來，點了番茄汁。一時之間覺得頗尷尬，畢竟這是我生平第一次徵婚。他請我抽菸，我注意到他的咖啡杯是空的，問他是不是來了很久？記不得他回答了什麼，隔壁桌來了兩對夫婦和一個小孩，我聽到有人在交談中提到「一見鍾情」這四個字。

我看著他，他的頭髮梳得很整齊並抹了油，臉白而大，除了眼角有魚尾紋外，並未留下太多風霜的痕跡，眼睛雖小但很有神，這使他的整張臉顯得有意思。他不太說話，這大約也是使我感到尷尬的原因，我開口解釋自己徵婚是因為家人逼迫早日結婚等等不得已的苦衷，其實自己並不急著結婚。而在稍後，我意識到自己的解釋，只不過是優越感在作祟罷了。

他問我徵婚啟事刊登後是不是很多人跟我聯絡？我說不多，而且對象都不理想。妳的啟事寫得不好，用的辭句不對，他分析，這則徵婚啟事不但沒指明徵求男士的年齡，而且容易讓人起誤會。我仍然堅稱啟事不是出自我的筆。

一段沉默。

既然來徵婚，只好硬下頭皮，我尷尬地問：「年齡相差懸殊對你不會造成什麼困擾嗎？」他說他也考慮過這個因素，但認為就算不結婚，做做朋友也無妨。

我企圖多了解他的想法，便笑著說，我的青春可不容許我再拖延下去呢！他也笑了，但不再答話，似乎是因為無話可說。

我還問他，若我和他來往，兒子會反對嗎？他說兒子念研究所，平常在家教班教書，自己賺錢養自己，很獨立，父子兩人互不相。

妻子逝世已有十多年，他一直鰥居。問他日子怎麼過？他說每天在診所工作就到晚上八點多，星期日休假會去爬山、郊外走走、玩玩照相機、打打小牌。又問他是否找過其他的結婚對象？說沒有是騙人啦！他說，有的是朋友介紹，有的是自己在報上刊登廣告，其他則都是在風月場合認識。

「騙婚的事情也發生過。」一聽他提到騙字，我嚇了一跳，被騙了什麼呢？我問。他說像他這樣的年紀，被騙感情是不可能，而騙一點小錢是無所謂，「裝不知道就算了。」

曾經有一名女子當教師，對方想結婚；才初次見面，他並沒有結婚的念頭。臨別時女老師向他要了兩千元車資，她說，已經見了面，就應該給錢。

他認識了一名二十五歲的女孩，是看到他的徵婚啟事來找他，兩個月後向他「借」了三萬給外婆看病。內科醫生說，交往了一段時間，給這些錢也是理所當然。

還在風月場合結交了一名女子，向他「調」十幾萬說要買房子，將來可以作為愛窩，經過他主動調查，發現並無其事……談話至此，我有兩個想法。第一，我似乎也有騙婚的感覺，只不過不是騙錢。第二是：我也可騙他的錢。然而第二個想法稍縱即逝。太荒謬了。

太荒謬了。

我說有事必須離開，並向他道歉，我似乎真的過意不去，他說要送我一程。從碧富邑走出來過信義路時，他刻意想扶我；另一次在車內，收音機裡播著內容生疏乾燥的訪談，他伸手很快地摸我的肩膀，突然說：「妳正面側面都好看。」他開著車，駛向敦化南路，下車時，我說：「再見。」內科醫生從車內探身說：「如果妳不找我的話，大概是妳怕丟了。」到現在，我還不懂那「丟」字是何意？

我離開的那一刻確定我不會和他結婚。幾天後，他曾再打過電話，很客氣地在答錄機裡詢問我的近況，我沒回電話。

第2個男人

他臉上有些憤懣的痕跡，也許生活上有過一些我永遠無法猜測的遭遇吧！

他在答錄機留下了好幾個電話，我都一一試過，最後才找到他。他說在報紙上看到「我」，所以是緣分。他喜歡交朋友，不過知己是少數，平常在商場上跑，生意做得不小，在台北近郊各處都有關係企業。

他約我見個面，我提議在敦化南路的書香園，他說那裡停車不方便，但他接著還說以妳方便為主，「反正我有車。」他說交通裁決所吧！我不知道在哪裡，他很驚訝居然有人不知道交通裁決所在哪裡？我一直很客氣與他對話，但我彷彿覺得他有一絲不耐煩。

最後我們約在一家便利商店門口。他告訴我他會穿什麼顏色的休閒運動服，並問我穿什麼？我隨口說黑衣、紅裙，又立刻說不一定，他表示第一次見面一定要一定。放下電話，我開始對他有成見，而同時，我也覺得我不該容易對人有成見。

那天下午四時尚未到，我已站在復興南路與和平東路口，我從對街望過去，約會的地點根本沒有人走動，我擔心有人看到我（就是怯場），遂匆忙走入一家眼鏡行看眼鏡。

我試了好幾副太陽眼鏡，聽到眼鏡行收音機裡報時聲響了四聲，才離開眼鏡行，經過地攤時買了一雙布鞋，後來我才知道，原來賣鞋人給我兩隻右腳的鞋子。

我站在便利商店門口，那裡正站著一位身高不高的年輕男子，我發現四下無人只有他，而且穿同樣顏色的休閒服，問他是否等人？他連忙否認，而且顯露出很害怕的樣子，他的反應使我也開始緊張起來。

四時十分，一輛轎車在復興南路上出現，車子慢慢轉向和平東路，停車燈亮了，一位男子走出車門向我靠近。

是一位矮小而小腹便便的中年人，他穿的衣服並未按照電話上所形容的顏色，相貌平凡，臉上有些憤懣的痕跡，也許生活上有過一些我永遠無法猜測的遭遇吧！我正想問他是不是……他急忙為遲到之事道歉，並且再問我一次：妳真的不知道交通裁決所在哪裡？

「這裡不能停車，我們找個可以停車的地方吧！」他建議，說完不看我就直接往車子走去。在少許猶豫之後，我也坐上他的車。他的車內未曾放置任何物品，也沒有異味，但他開動車子時，我突然覺得好像有人躲在車座後，一位穿黑色緊身衣、戴黑色頭套的男人從後座緊緊用手臂箝住我……

當然，這只是我因恐懼而產生的幻想。

我提議去東區，他開車在仁愛路及東豐街上繞來繞去，找不到停車位，他說東區這種地方，「送我住都不住。」

我們坐在一家日本料理店時，他對我說：「我自視很高。」又問我知不知道為什麼他把手錶戴在右手上？「因為身分跟別人不同。」他請我摸他的手，我不太願意，但是在他堅持下，勉為其難。他的手很嫩，他表示很少人有跟他一樣的手，因為是「少年得志，家境不錯」的關係。

他說改天要送我一瓶洋酒，因為他自己進口洋菸、洋酒。問他是否必須常出國？他說從未出過國，不過英文卻會念。他拿起一包自己進口的洋菸，Japan Tobacco……他真的大聲念出來。我突然擔心服務生會認為我是陪酒小姐，遂四下張望。

他說自尊心很重要，像他，他絕對不會去刊登徵婚啟事，因為他是男人，男人就要有男人的樣子，他對某些在報上刊登「事業失敗徵異己相助」啟事之徒甚覺可恥。不過事到如今，他必須看我的臉色，他說，事不過三，如果他打三次電話都約不到我，他不會打第四次；而我如果想打電話給他，可以跟公司小姐說：我是某某超市，我要訂菸！以避人耳目。

走出日本料理店時，微雨，他想送我一程，建議晚一點一起去釣蝦場釣蝦，我一律推辭，為了某種安全感，我甚至選了一條平常不喜歡走的路回家。

他果真只打三次電話給我。

第3個男人

他想快快結婚，不過感情的代誌不能勉強。

我幾乎每天打電話給他，試的是他在答錄機上留下的電話號碼，電話多半沒有人接。

某日下午，電話接通了，一位先生說，我所要找的人「有時候住這裡，有時候不住。」再有一日中午的電話中，對方傳來疾疾的狗吠，又有一女告訴我：「他晚上會在，但他不接電話。」

我突然有個念頭，想知道他到底住不住那裡？那些人又是誰？我選了深夜打電話，原來以為不會有回音，沒想到他從睡夢中醒來跟我說話。是年輕人的聲音，閩南口音，他說他是三重一家沖床工廠的老闆，沒錯，是他想結婚。我問他是否交過女友？老實給妳講，他說，他試過相親，人家介紹一位女孩和他認識，帶她去餐廳吃飯吃了四百多塊，又去巴瀝史歌廳聽歌，然後「伊都不愛呀！」那位女孩在公家單位當炊事工，她們家看錢看得很重，而且她還對別人說他像流氓。

他說他想快快結婚，不過感情的代誌不能勉強，一輩子的事又不是「辦廷仔酒」。他平常晚上九點才回到家，喜歡看港劇錄影帶，抽菸但不喝酒，不跳舞也不賭博。

他平常都看《民眾日報》，他說，那一天是因為看招租廣告才注意到我的徵婚啟事，因為沒事才順便與我聯絡，不然他不常打電話，「電話費最便宜，每個月才三百元不到。」

沖床老闆的學歷是國中，他騎摩托車上班，下雨則開汽車，家住嘉義，週六都南下返家。他說他不能騙人，他的工廠很小，只請二、三人做，他請我考慮「行一陣」看看，他想儘快結婚。

我說要考慮看看，婚姻如他所說，畢竟是大事，如果考慮合適，我會再與他聯絡。

我滿心抱歉地掛了電話。

第4個男人

他說結束了一段婚姻，令他對過去的衝動已有體認。

他或許是結婚的好對象，但他實在太拘謹了……他先是約好晚上七時四十五分見面，但又打電話來改成八時。八時過十分，我走進黎坊餐廳時，他已站在櫃台邊，他說他懷疑自己記錯約會地點，正在打電話給我。

他穿深綠色青年裝、灰色西裝褲、土黃色方鞋及紫紅色襪，氣色很好，印堂發亮，但他的客套、彬彬有禮卻讓我一時說不出話。

他望著我一臉微笑。他離過婚，前妻和子女都定居美國。他也曾經在美國工作過兩年，察覺「國外的環境相當好」，但他不想住國外，畢竟台灣是自己的家，而他是愛家的人，目前和父親住，他應該是一個十分孝順的兒子，平常都在家裡聽ＣＤ，喜歡爬山和看電影。

他說結束了一段婚姻令他對過去的衝動已有體認，但他並未再就這個題目深談。

他的客氣使我不敢直截了當地用問題接近他，怕驚嚇了他，所以兩人的話題一直很乾燥，他一直微笑著。

他三十多歲，身材中等，任職電腦公司主管。我對他的印象非常奇特，好像他的拘謹在我們之間形成一層隔膜，我甚至覺得自己應該介紹一些想結婚的女友讓他認識，但我未這麼做，還是怕嚇到了他。

約會的第二天，他打電話來說忘了給我家裡的電話號碼，我們仍未深談，他只說「沒別的事了」，就掛上電話。

隔了六天，我收到一張他寄的聖誕卡，賀卡上是一匹馬，卡內只有他的簽名。

他實在是太拘謹了。

第5個男人

「結婚就像瞎子摸象，每個人看法都不同。」

他的年紀跟我一樣，卻長得像個孩子。

第一次打電話來時，他問我身高、年齡、學歷，我大略回答幾句，他說，「哇！學歷這麼高，不敢了，不敢了。」他覺得念到碩士一定曲高和寡，我問是這樣嗎？那怎麼辦？他建議把文憑撕去。

他還說人不能為結婚而結婚，登報徵婚是不智之舉，他自己就不會做這種事，萬一家人知道怎麼辦？事情不成反而尷尬。

那為什麼打電話給我呢？我問。他說朋友最近用曖昧的語氣告訴他，「結婚很好啊！」所以他天天在找對象。要種田先得找一塊地才行，但是實在難找！稍後他又說：「其實結婚就像瞎子摸象，每個人看法都不同。」言歸正傳，他說，結婚需要什麼條件嗎？我說有一個很重要的條件：雙方要談得來。他認為只要思想保持中庸，男女一定談得來。但問題是我的思想不一定保持中庸啊！我說。

那想結婚是比較難了，他笑。

我打開收音機，想聽一點音樂，廣播節目主持人卻說：現在要為大家播放一首《你愛我嗎》，我急忙將收音機關掉。「妳是真的想結婚？」他問。我是真的想結婚，幾年前就想結婚，我說，我根本沒有辦法一個人過日子，孤獨太久了。

不知道是不是這些話觸動了他，他說其實很多人都寂寞，特別是過了三十歲的男人，只要是單身，有時一個人面臨深夜也不太容易。他陷入一陣感傷。他說他覺得很自卑。

他曾經做過信件檢查的工作，這件事令他覺得自卑。我問他是不是在調查局？他說：「沒那麼好。」我不敢再問（怕有人竊聽電話）。他接著說，那一年拆閱那麼多信件，讓他對世事的看法改變許多，旋即，他說他坐過牢，因在獄中表現良好，獄方指派他檢查信件，他讀過許多名人的信。他是為父代罪，父親以他的名義開支票，違反了票據法，他決定坐牢的原因是無法還清債款，他們全家人無論如何辛勤工作，也不可能在一年之內還清那筆數目龐大的錢。

然後他便去了監獄，曾經想死。未婚妻在他進監獄一個月後，立刻提出解約。他說，在監獄窒悶的日子裡，每天早上醒來的第一件事只是眺望窗外。

他本來不想告訴我這件事，因為他幾次告訴認識的女孩後，對方都心生害怕。他說，雖然她們口口聲聲說無所謂，其實態度卻慢慢改變，讓他永遠不敢想到婚嫁，只能與五十八或六十年次的小女生來往，因為她們還沒想到結婚。

他真的覺得自卑，也覺得前途似乎有些渺茫。出獄後曾經考上長榮、台視等公司，但每次上班不到一個月，公司要求填資料時，他就被迫離職。甚至一次，當一家公司要求他繳交戶口名簿時，他自己主動把離職單夾在一起。

從此，他在父親的工廠上班，管人事。他不去不行，雖然滿心不願意，他說，父親有兩個家，如果他不去父親工廠上班，父親就不會兩天回家一次，而母親就會背地裡掉很多眼淚，他不要母親掉眼淚。現在，他認為只要弟妹能在國外好好學習，就算把自己賣給這個家也好。有時，為了不讓母親擔心他沒有朋友，星期假日還要故意出去外面走走，假裝與人交往，雖然他更喜歡留在家裡看錄影帶。

我用一種浪漫的語氣說，坐牢也是一種很好的人生經驗呀！我說他心地善良，而他只嘲笑自己愚孝。

我談及自己，我也是長女，但我十八歲就離開家，我一直以為家是家，我是我，輕微叛逆的心情，追求一種自我實踐的生活，跟他比起來，顯得有點自私。他卻回答，妳是女生沒關係。

我們約在談話頭餐廳見面，他說一小時內可以抵達，但我等了兩個小時仍不見人影。我選擇餐廳的樓上位置，對樓下出入一覽無遺，心裡有一個想法：觀察他走入餐廳的反應。但我隨即為這個想法感到慚愧，而移身樓下。

我決定離開時，外面正下著大雨，他仍未出現，走出餐廳，看到門口左側有一位穿藍色雨衣雨褲的男士站在摩托車前，我直覺那個人是他，但是我跳上計程車。

到家打電話給他，他先說是摩托車被撞，又修正說自己摔倒，在餐廳門口站了許久，不敢進去。問他為什麼不敢進去？他說，怕與眾不同，大家都服裝整齊地在餐廳用餐，只有他濕淋淋地走進去找人，他怕隔絕感。

我搬出佛洛伊德的遲到理論，說如果一個人赴約時遲到，是因為潛意識中有逃避的企圖。他終於承認是因為自卑，因為怕面對我，幾次談話讓他覺得我像一座冰山，他看到的只是一小部分，我不像一般人有一定脈絡可循。

其實每個人都有自卑的時刻，我說，小時候和妹妹在雨天上教堂，媽媽給我們穿雨衣雨褲，而那時的小朋友多半穿達新牌雨衣（沒有雨褲），就因為多穿了雨褲，我不想進教堂，帶妹妹去別的地方玩水，一直到聚會時間過了才回家。每個人都有自己的弱點。

我們見面的那一天，風很大，我目睹一顆流星的殞落。他走近我時，手上抱著摩托車鋼盔，嘴上啣一根菸，很瘦很高，模樣和他寄給我的當兵照片沒有兩樣，像個孩子。他很緊張，很快地將香菸熄滅，他說他是抱著來看朋友的心情。

好啊！看朋友的心情，我說。他握著我的手上非常多的繭，他抽非常多的菸。「我們是兩列平行的火車，永遠沒有相交的一天。」他懷疑結婚的可能性，因為他是典型的台灣人，背景相差懸殊，現實生活又受到家庭的牽制，而我的想法那麼新，那麼個人。

他喜歡的女人不喜歡他，他不喜歡的女人喜歡他，他說自己三十幾歲了，卻愈來愈脆弱，愈來愈怕女人……

第6個男人

他沒有出現，之後，我再也呼叫不到他。

他沒有出現，之後，我再也呼叫不到他。

一個使用呼叫器的男人。

他打電話來時我不在，他留下呼叫器的號碼，我很快就聯絡上他。

他說他身高一六八點九公分，目前和學長合作期貨生意，南北往返頻繁。我問他願不願意通信？他答以「不再有讀書時的心態，老了。」他雖沒結過婚，卻有一個孩子，問他原因，他說要見面談。

他約我星期五見面，但我卻弄錯時間，週四就赴了約，呼叫他後，他表示不可能出來，可不可以按照原定時間？他問我會穿什麼衣服，我說綠毛衣，他說如果當場有兩個以上的人穿綠毛衣，我可以去呼叫他，以便讓他區別。

禮拜五下午，只有我一個人穿著綠毛衣坐在一家叫黎香園的咖啡館，他沒有出現，之後，我再也呼叫不到他。

第7個男人

離婚後他很苦悶，便和旅行社去巴拉圭闖天下。

我們約在信義路的一家啤酒屋見面，我到達時他已在喝啤酒了。他拿出身分證給我看，表示他的確此名此姓，而且單身，還說很抱歉他喝酒。

他穿一件名牌的藍毛衣和白襯衫，講話手勢很多，頗女性化，在我們見面一個多小時中，他侃侃而談，把近十年的遭遇說得一清二楚。他是在兩年半前由日本回到台灣。他說是因為喜歡喝酒，臉才變得那麼黑，並撩起衣袖說，不然他以前皮膚很白。他還表示日前要辭職換工作，所以才注意到徵婚欄。最近姊姊對他說，世界都跑遍了，為什麼不定下心做點事？他也略有同感，想討個老婆，成家立業。

何況這一、二年他常覺得「沒有人可以約出來玩」，「花錢請別人喝酒還被別人的太太罵」，他說沒結婚又沒事業的人心情他最了解，「很悶喔！」他一直這麼安慰我，男孩子還可以喝酒，真不知道女孩子怎麼辦？

他其實結過婚，前妻好賭，又跟男人跑了，才離婚，前妻很漂亮。離婚後他很苦悶，便和旅行社去巴拉圭闖天下，學西班牙文，想重新生活，在當地做生意，誰知道「中國人在國外騙中國人」。他輾轉前往巴拿馬，身上只有五元美金，待了一年多才回去，後來去日本。

他說自己以前是「經理級」，在日本很多「高級」的朋友，去了那裡不好意思告訴他們自己在讀書，只說是觀光考察，結果錢用完了，只好去餐廳打工，可以賺生活費又可以喝酒，但久了也覺得落魄。

他學會做日本料理，但「這行前途並不大」。曾做過廚師，每日工作十小時，一個月收入兩萬二。說到這裡，他又從皮包內找出一紙日文信給我看，他說他還是想回日本工作，不停地將自己的履歷傳給日本各株式會社。因為他目前工作公司老闆把職權轉交兒子，「才二十幾歲小毛頭」，竟然要他出面跑業務，他覺得太沒面子，他都比他大十幾歲，「吃的鹽比他吃的飯還多」，他才想辭職不幹。

他還想辦一份雜誌，遊說三個朋友，每人出資五十萬湊兩百萬好辦事，結果大家只想拿二十萬，他覺得錢那麼少，「乾脆不要做。」

他問我在哪裡高就？我說剛從國外回來，正在尋找工作，他也說他能了解我目前的處境，當初他從國外回來時，就在家裡待過，不但沒做事，還花了家裡一、二百萬。他請我有不如意事千萬要找他，可以把他當大哥。我說謝謝，但我想回家了，他很快地拿起帳單，他說本來想請我到別的地方走走，沒想到我要早回家。我準備付帳時被他立刻制止，然後他走在我前面，推開店門，他真的不高。

我說要去對街花店，他說他回家尚早，想再找朋友出來，我搖搖頭，走過街時，突然覺得他一定很寂寞。我站在街邊看著他，他背著他在電話上形容的「如女生所背的那種四方型包包」，從信義路一直往復興南路口走去，他停在公共電話旁撥電話，沒注意到我在路邊看他。

第8個男人

他不願意去咖啡館聊天，認為戶外比較有情調。

我一直慶幸自己沒和他見過面。

在電話上，他說他姓方，是浙江人，問我是哪裡人？我說我在台灣生長，身分證上祖籍填的是廣東。那妳就是外省人嘛！他說，他對外省人有一份好感，對本省人沒什麼好印象。

我必須承認他這番濃厚的省籍觀念嚇了我一大跳。

他說他離婚五年了，目前在一家晚報上班，專門做一些「內幕報導」，他問我找到結婚的對象了嗎？我說還沒有，不過來應徵的人士中，有二、三人還不錯，譬如在電腦公司上班的一位主管。方先生立刻告訴我，那家電腦公司的營運狀況最近出問題，這是他的獨家內幕新聞，並且他認為那位先生的職位並不高。我說沒關係，我並未決定和他結婚啊！他說，那好，就剩你跟我。

他邀請我出去走走，我說去哪裡呢？二二八公園，晚上七點半，他建議。我唯唯諾諾不同意，他從二二八公園換到國立藝術館再換到中正紀念堂（旁邊的公園），我問他為什麼不去一家咖啡館聊一聊？他不願意，認為戶外比較有情調。

我感覺他的語氣中帶有某種命令和威脅，問他可不可以還是在咖啡館，他仍然堅持著，我只好問他，我可不可以不去？為什麼？他問。我直截了當毫無遮掩地回答他：害人之心不可有，防人之心不可無。

既然這樣的話，那就沒意思了，他說。

是的，那真的是沒意思了，我說。

我們從未見過面，還記得一次他說他在辦公室裡並不姓方，要我打電話時稱呼他別的姓氏，我問他為什麼？他說他有兩個父親。我不知道為什麼他有兩個父親，不過，我慶幸自己沒和他見面。

第9個男人

他說他可以把他哥哥介紹給我。

第九個男人，非常高，他穿黑色西裝，頭髮抹油，乍看像原住民，皮膚黝黑，眉宇還頗清秀。

他的言談有些悲觀，神情稍帶靦腆，他說自己只是一名上班族，離事業成功還有好大一段距離。他認為人要成功須具備三大條件：一、資本，二、能力，三、機運，而他自思能力不足，更何況資金！他露出無可奈何的笑容並聳聳肩。之後，我發現他屢次做出一樣的表情和動作。

他二十八歲，任職一家眼鏡公司，和哥哥同住永和，他說還可以把哥哥介紹給我。哥哥離過婚，有個孩子，目前在開ＭＴＶ，不過他也覺得把哥哥介紹給我是一件不公平的事，因為將來必須照顧孩子。我問他是否代哥徵婚？他笑稱不是。

他曾經交過一名女友，但女友結婚對象不是他，再加上事業無成，所以消沉了好一陣子，覺得人生空虛，最近才打算重新開始。

他問我會不會跳社交舞？他說他對跳舞有些興趣。當他聽說我曾經當過老師時，他感到很驚訝，「妳真的是老師？」他問了兩次。他還覺得我的條件很好，根本不怕嫁不出去。

他獨自叫了一瓶啤酒，上洗手間時，由於門很矮，他必須低頭走入。當我說明九點鐘必須離開時，他覺得時間太倉促了，他向我強調若不嫌棄可以做朋友，想去哪裡玩時找他出來。

站在昏暗的騎樓前，和他說再見，又再度看到他無可奈何的笑容，高高的背影，轉身面對他的摩托車。

第10個男人

他說自己的缺點是花太多時間下棋。

我準時地走入了Doors，酒吧裡一個客人也沒有，平日到這個時候，似乎總有一些外國人站在吧檯前喝酒，然而今天只有坐著看電視的服務生。七時五十五分我第二次走入，店裡仍然無人，他失約了。

他打電話來說抱歉，他去了南部，雖然提早一小時回台北，仍然遇上塞車，他趕到現場時已八時半，見不到我。我想約他另外的時間，他卻問我，今晚好嗎？

我在十一時十五分又回到Doors，他，果然如電話上說好的帶一本書——棋譜。我一時之間忘記他姓什麼（畢竟和我徵婚的人太多了）？冒昧地問他，是不是你打電話給我？

他笑容可掬，一見面就稱讚我很漂亮，並且強調我並不像我所說的年紀，他說：「很少看到這樣有氣質的女孩。」當他不斷地重複這些話時，我突然向他要了一根長壽菸抽了起來，以掩飾自己面對這些讚美竟然感到的緊張。我告訴他我長久以來一直為自己的外表感到自卑，然後企圖轉移話題。

他說我在報上刊登廣告很勇敢，他自己不敢做這種事，他還說十一時多還來赴約也很勇敢。他問我是不是很想結婚？我說是想結婚，不過我也知道自己對婚姻還需更多的了解。他說他明年七月結婚最合適，事業到時會進行穩當些。他和朋友合開公司做貿易，他說自己的缺點是花太多時間下棋。

他四十歲，離了婚，孩子已念高中，我覺得他是這麼多對象中較為成熟穩重者，可能是因為他長得像一位我所認識的中國劇作家高行健，所以我對他還算有好感。

當我們起身離開座位時，店裡正在播放一首由英籍諧劇演員 Benny Hill 演唱的歌：《下次給我一個成熟的女人》。我會心而故意地欣賞了一會，他一直站在我身後，並不知道這首歌在我們之間形成的反諷。

當我們告別時，他說他會等我的電話，並希望我平安地回到家。他深情款款地問我：妳真的不需要我送妳回家嗎？

業餘棋士穿的是亮藍色的 Polo 襯衫、白色西裝、高跟皮鞋，我在往羅斯福路的路上迎面碰到他，容光煥發的他說以為我們所約的麥當勞在前方。

我們稍早在電話上約好去打桌球，是我的提議，他說也好。我們沿路找一個打桌球的地方，問了許多人，有人說只有台大學生活動中心有桌球場，但我覺得他有些遲疑，遂建議去下圍棋。

我坐上他的車，往郊區一家棋室去。他向我表示他不奢想可以和我結婚，做朋友就好了，他覺得他太老，與我不配。他並再三請我將未婚的理由說予他聽，我表示自己有極度怪異的性格，與人不易溝通，更有孤僻的傾向，對許多事很排斥。他說，難怪，否則像妳的條件怎麼可能到現在還未結婚？

我在對他描述自己時，彷彿覺得自己真的像自己所說的那麼孤僻，而感到觸目驚心，也許真實的我果然是這麼孤僻，不過自己不知道罷了。

我們走入棋室時，一位上了年紀的太太對他說：好久沒來。他對我說，其實他每個週末都固定在這裡下棋。他要那位太太給他一間特別棋室下棋，說他要教我。婦人說，收學徒啊？我立刻點點頭，而他回說，是朋友。他似乎將我的出現引以為榮。

他非常詳細地向我解釋圍棋，諸如：何謂活棋和死棋，正眼與假眼等等，還有一句名言——金角銀邊草肚皮——要時時記牢。他說，只要我吃下一顆他的棋子，或我做活一邊，他都會給我三千元，但不知為什麼，我感到自己十分缺乏思考的耐心。

快七點時，我因必須去一個朋友家，而他家正離一所著名的教堂不遠，便謊稱自己必須上教堂聽福音。他決定送我去，但他在車上告訴我，他認為我不太適合再上教堂聽福音，我真正需要的是多和朋友接觸。他還問我會不會跳舞，我答以不會，他非常驚訝，覺得我不像一般年輕人。他問我想學嗎？他可以教我嗎？很奇特而且老式的邀約。

我在教堂前下了車，他問我，什麼時候再見？我說下星期五會打電話給他。他望著我說，太久了！我向他揮手說再見。

那個星期一是聖誕夜，出於一個好奇的念頭，我決定在聖誕夜打電話給他，想知道他在做什麼？我以為他會一個人在家，沒想到接電話的人並不是他，是一個成熟女人的聲音，她問我找誰，然後反應冷淡地放下電話；一段時間過去，他彷彿在睡夢中回答我，而且聲音變得客氣有禮，當我說：「沒事，再見。」他立刻謝謝我打電話來……

在這個突兀電話事件之後，我發現自己一點也不了解這個男人，我一直用自以為是的眼光在考慮他，我忽略他是個四十歲的男人，有一個四十年來堆砌的生活，我想我是不該打擾他的生活，這是個退出的時候了。

於是，我再也沒找過他。

第11個男人

結婚像吃飯，如果不是很餓就不必飢不擇食。

「妳為什麼這麼做？知不知道可能惹來殺身之禍？」這是他看到報上的啟事後打電話來的第一句話。

他說，人跟人相處不應該有目的，所以我為了結婚而徵婚，出發點便偏了。他比喻，結婚像吃飯，如果不是很餓就不必飢不擇食。他認為百分之九十的人打電話給我都心存不善，而我最好不要暴露自己真實的地址，以策安全。

他說他修佛二十年，有通靈的能力，並且可以給我「任何東西」，他還說：「可以給妳的東西，別人不一定可以給妳。」

與其說我被他的談話內容吸引，還不如說我對靈異之事有興趣。我約他中午在一家速食餐廳見面，他原先約我去台電公司，我故意提到聽說那裡風水不好（想知道他對風水的看法），他立刻回答：亂講，大家喜歡亂講，那棟建築只是高，氣流聚集，風大而已。

我問他既然不以徵婚為目的，為何打電話給我？他說他師父傳授他一些道理，現在師父過世了，所以他開始想「行道」，想幫助別人。他說，他一直有很多異性知己，她們甚至把一些不會告訴丈夫的事情都告訴他……

我很冒昧地問他，和這些異性知己會不會有超友誼關係？他說不會。

他不斷強調人不能做這類徵婚的嘗試，任何人絕對不會因此找到對象，而且我如果只是想徵婚，那麼他會讓我失望，「我不會和妳結婚，但是我們可以做朋友。」

後來，他又表示，他已婚，妻子很漂亮，人很好，妻子精通紫微斗數，很會持家。

我問他對「做朋友」這件事有何定義？他說大概就是所謂的事業顧問吧！問他會算命嗎？他說他是憑電流感應，覺得我曲高和寡，可是憑面相，我應該是老來運。關於他自己的命怎麼樣？他說，一般人都說不是好命，但他不覺得，只是他度過悲慘的童年、少年及青年，前一陣子自己做生意時還被人倒了好多次，後來幫別人做，現在比較順。他是替人勘察建築地的風水，因此常翻閱各報小廣告欄尋找土地出售人，才看到我的徵婚啟事。

談到「殺身之禍」，他認為可能性很大，台灣治安全世界第二差，他說，這種徵婚的事大可在國外做，在國內做極不安全。

他又問了一次我徵婚的動機是什麼？我據實以告，是為了寫一本書，但也可以說是為了結婚，如果真的碰到適合結婚的人，我會結婚。

他聽到這些話後，態度明顯地客氣起來，好像很尊敬我的樣子，臨走前他希望我的書完成後能送他一本，還說，有空聊聊，可以滿足他的發表欲。

我一一答應了。

第12個男人

他認為結婚只是形式主義。

四十歲的他認為結婚太嚴肅了。他大學畢業，目前與朋友合夥做貿易，「思想開放、活潑」是他對自己的評語。他認為結婚只是形式主義，以前他有過結婚的念頭，後來他漸漸被單身愜意的生活吸引，況且不結婚才沒有後顧之憂。

然後他說：可以冒昧問一個問題嗎？

我說看看是什麼問題，不一定回答。

他問我是否體會過性生活的樂趣？如果沒有，他非常樂意提供服務，他還說曾經跟他接觸過的女人都很滿意。

我沒有回答，只問：「為什麼不去找色情服務？」他表示那是商業行為，毫無情趣可言。

然後我就不想再談下去了，我們只通過這次電話。

第13個男人

他說他人不怎麼好看，長得很像澎恰恰。

他說他五十年次，目前做餐廳業，國中畢業，他還加一句：學歷很低是不是？我約他星期一下午見面，問他外表如何辨認？他說人不怎麼好看，長得像澎恰恰。

大約地談了幾句以後，我請他到永康街的公園走走，他爽快答應了。我們坐在石桌石椅前面談，那天下午有風也有陽光，幾個孩子圍著我們玩躲貓貓，還有兩個小女孩坐在另外一組石桌椅前玩家家酒，她們玩得那麼專心，根本不曾注意到我們的存在。

他原來在酒廊上班，當經理，每天傍晚，他必須動腦筋找一些「朋友」來喝酒，盡量勸酒，這樣，他才可以跟酒店分紅，這便是他的工作。

他說他是南部人，對台北人生地不熟，再加上長期寄人籬下，飄泊不定，才想結婚。

他問我學歷幾許，我告訴他，他吐吐舌頭，然後便不再說話。

後來也不怎麼說話，我們走出公園時，他說他要去打電動玩具，並未邀我一起去。

我離開他時發現，自己突然覺得很輕鬆，可能跟他在一起時，必須找話說，所以有些緊張，我回頭一想，他也許也有一樣的感覺？

徵婚真不是好玩的事。

第14個男人

他說他是寧缺勿濫，連朋友都懶得新交。

他說他不是奸商。

他做建築業，也在大陸搞成衣生意。四十歲了，不做一點事會對不起自己，他這麼說。

已離婚但尚未辦妥離婚手續。為什麼？因為他恨妻子，所以他不願意簽字。為什麼恨妻子？因為她不喜歡小孩，根本不照顧他們，還有很多原因……。他問我，是不是天底下的女人都這樣？他常常勸同事最好不要陪女人逛百貨公司，她們可以走五個鐘頭為了買一件衣服。妳呢？他問我。

我不喜歡買衣服，我說。

時下許多人對婚姻抱有「招之即來，揮之即去」的態度，他問我是否有同樣的想法？我不知道應怎麼回答，問他是不是想再婚？他說他沒有刻意去找對象，找對象本來也不容易，他是寧缺勿濫，連朋友都懶得新交，三年來只交過一個朋友。他還說，以前認識的朋友，有人競選縣長、立法委員，當選後對人的態度很不一致，令他寒心。

和妻子分離之後，這幾年的生活像獨行俠，快樂的時間很多，以前步步遷就別人，現在只需面對自己及孩子。他什麼都不怕，最怕人，寂寞時就去釣魚或買書來看，或者一個人在深夜時開車到深山裡，找個空地躺下來，「享受那份孤獨的感覺。」

他問我脾氣是不是很倔強？我說不至於，我不喜歡勉強。他卻說，女人都說不勉強，但到最後總是勉強。「你好像很了解女人？」我問，他說他一點也不了解女人，否則今天不會還在徵婚。

這是我們第一次談話，他留下電話號碼給我，因他朋友來訪，所以談話匆匆結束。

第二次談話，他告訴我，記日記記了三十年，突然不敢再寫下去，生活裡重複的事情太多，譬如他對朋友講義氣，有時造成一些無謂的困擾，令父母不諒解。至於感情的事，他不想重蹈覆轍，也勸我不要為了結婚而結婚，他說愈能讓人動心的人，你愈不能了解他的缺點，而且戀愛的人總是瘋狂盲目。如果妳不這麼認為，那是因為妳沒有這種經驗，沒談過戀愛，他說。

是嗎？我回答。那次我們談了八個鐘頭。

很多時候談我自己，我把自己說成一個極端內向的女人，彷彿我自己是因為這個原因才至今未婚，說得連自己都幾乎相信了。是嗎？

他說他是台南人，問他國語為什麼講這麼好？他挑我的語病，認為應該說：有外省口音的北平話，否則若在國外，問外國人會不會說「國語」就奇怪了。我一時忘了告訴他，其實他說的不是外省口音的北平話，而是有本省口音的普通話，我也一樣。

徵婚啟事寫得這麼好，怎麼落魄到去登報徵婚？這是他對我的感覺。他還問我為什麼不考慮在電視上打徵婚廣告，效果更宏大？我說電視廣告費用很高，他認為多花一點錢能完成終身大事很值得。

從我的言談，他判斷我很難找到合適的對象，但如果真的遇到了解我的人，兩人會過得很幸福。談到他，他說自己是典型台灣人，對家庭責任感很重，是一個傳統的人，現代女人不太會接受這種思想，況且他愛孩子如命，連前妻都起嫉妒。這幾年是交過女朋友，但是他覺得不適合，不想誤人誤己，感情的事不容易，雖然，這麼多年他一直想過的是平靜而美滿的家庭生活。

我鼓勵他：「你一定找得到……」他打斷我的祝福，他說他才不要去找，去找就會失望，他問我怎麼找？我說：「那就等吧！」也不是等，那是什麼呢？我問。他沒有回答。

對感情，他是宿命論，得之我幸，不得我命，但對生命他是樂觀的。有一次他開車去高雄，快抵達岡山時，天色已晚，他看到一排排房子的燈陸陸續續點亮，他當下很感動，因為對他來說，那些燈象徵幸福的家庭，而這世界上幸福的家庭仍然到處都是。

這次談話讓我發現他是一個誠懇但矛盾的人，而且，太浪漫了。他打了數次電話，每次在電話留言機上留言，聲音裡彷彿都有些尷尬。我們第一次見面時，他說我比電話上的聲音年輕，又說我走路太快，很少女人走路這麼快，我才意識到原來我想「快」一點結束這個約會。我不能解釋原因，就像我們在川菜館裡吃飯時，他一直想談我，被我中斷，他說我很會逃避。我在逃避什麼？逃避徵婚這件事，還是逃避他，或者逃避自己呢？

我做了一個夢：我抱著一些衣服走到橋下，是一座繩索編成的小橋，我仰頭望，覺得上橋還不如涉水快。我告訴他這個夢，而他要我解夢找明牌，一起合作買六合彩。我開始對徵婚這件事有點不耐煩，我為什麼要不停地向不同的人暴露某一部分的自己呢？

我是不是認為需要徵婚的人一定孤僻，有些嫁不出去的道理？我為什麼不願意承認自己是徵婚人？當我對與我徵婚的人形容自己時，我常有描述另外一個人的感覺，但偶爾我也混淆了，我相信我所說的那個人也有某部分像自己。

我不想與他常常見面，覺得似乎談過那麼多話，可談的都談完了。

第15個男人

「打開天窗說亮話，妳會不會需要錢？」

三十出頭的他，未婚。

這幾年來因一直在國外忙事業，所以沒有機會結婚。他表示，平常他絕不會看報紙的小廣告，最近因想刊登廣告才注意到我的徵婚啟事。他說：打開天窗說亮話，妳會不會需要錢？

我稍後才知道他是想確定我是不是色情女郎？這是不是色情廣告？而當時我只是誠實地告訴他：不，我不需要錢。

我立刻注意到一件事：他的口才便給。他在電話上的談話使我很感興趣，不過我幾乎聽不出他是否在吹噓？譬如他說他經年去德國，本來想在那裡置產；又，他是一家公司負責人，從不去接觸自己的雇員，但暗戀他的女人很多。

然後，他提到曾經深深愛戀過的女孩去年逝世了，這件事讓他差一點崩潰，好長一段時間藉酗酒度日，後來戒了酒，以忙碌工作來忘掉對她的懷念。

他說我又讓他想到她。

他約我於上班時間在某飯店的大廳見面，我因記錯時間而遲到了半個小時。飯店裡有一些日本人或者美國人，我聽見自己的高跟鞋踏在走道的聲音，覺得和他見面這件事似乎有一絲不真實。

他在電話答錄機上留言：妳遲到了，真受不了。

然後隔一天，我們在同一家大飯店的大廳見面。他的外表並未引起我的好感，他說他知道一個好地方可以去，我看著他說：好啊！我們去。他走進電梯，我跟著他，突然有點害怕，電梯一直上升，我覺得這一切只是個陷阱。到了十二樓，我盤算，如果他要闢室而談，無論如何我連門都不要進去。他走到走道轉角邊的一處沙發，對我說：怎麼樣？這個地方談話很適合吧？我用幾乎聽不到的微弱聲音回答：是。便坐在他對面的沙發上。

他問我為什麼坐對面？我很坦白：坐遠一點比較好。他再三堅持我坐他旁邊，我不願意。他坐在沙發上的坐姿像個暴發戶董事長，他開始說話，他要找的是一位適合他，並且可以馬上和他在一起的女孩，他問我可不可以「馬上」和他在一起？我看著他，並沒有直截了當說實話，我說我還不認識他，不會那麼快決定。

那是一個謊話。因為坐在沙發的當時感覺很不好，我知道自己一點也不喜歡他，但我沒有很快拒絕他，這是我的壞習慣，我不喜歡說不，不懂得如何拒絕別人。我對他說：我要回家了，我會考慮他的問題。他陪我離開那裡。在電梯內，他問我要用多少的時間考慮？我說：不知道。他要我確定一個日期，我說：兩天。

還不到隔天，他又打電話來，他說他務必要我快一點確定，因為他要出國，確定後，如果要和他在一起，可以一起出國。他自信而咄咄逼人的口吻突然使我得到勇氣脫口而出：不必考慮了，對不起，我覺得我們一點也不適合。

他停頓了一下，什麼都沒說，就把電話掛上了。

第*16*個男人

他說這不是低俗，是人之常情。

他三十餘歲，已婚，有兩個孩子，自稱人長得體面。

他在電話上說他不要結婚，只要交友。

我立刻告訴他，我只想結婚，不要「交友」。他問我難道結婚前不要先交朋友嗎？那要看交朋友是什麼意思？我問他。

談談心，彼此感覺不錯就可以進一步交往，他回答得不假思索。但是進一步交往又是什麼意思呢？我要確定我們對交友的想法是否一致呀！

他表示，他的想法不是很保守，有時候視情況可以有男女親密關係。我說：喔！你是指性方面？他說這很正常，沒什麼好大驚小怪，每個人都會有需要。

你是在找性伴侶？我問。是的，可以這麼說，他回答。那為什麼不去找妓女呢？他說常常去找也很貴，而且衛生堪慮。我說：你想找免費的性伴侶？不是免費，有時會送戒指、項鍊什麼的。他連細節都想到了。

我告訴他，我認為他的想法很無聊。他說這是事實，不是無聊，他以前並沒有認真去尋找一個對象，最近準備開始找，因為「有經驗就會很想要」。那你妻子呢？妻子的洞口比較小，配合上有問題，而且他喜歡不同的性愛感受。

有人可以接受這種想法嗎？有的，有些女人和我在一起就很癢，受不了，叫床叫得很大聲……

我打斷他：請不要愈講愈低俗。他說這不是低俗，是人之常情。

我突然感到受侮辱而生氣起來，便掛斷電話，之後當然與他失去聯絡。我不知道為什麼覺得受羞辱，可能我生氣是因為他不尊重女性，男女交往只為了性，還是大男人主義，這一點令我反感。

然而這是他的想法，我又為什麼要生氣呢？而且為什麼覺得被羞辱呢？他並未勉強我或要求我做任何事啊！

第17個男人

「台灣人不是都很會唱歌嗎？」

第十七個男人講普通話有廣東口音，是新加坡人，四十歲。

按照他的講法，他在美國受過高等教育，目前和朋友合夥做生意，聽起來滿大的企業。他的談吐中肯，頗有老實人的口吻。他說他結過婚，但感情不睦又離了婚，這些年在台灣及新加坡來來去去，從未定居，所以感情一事一直擱淺。曾經有人介紹「小丫頭」給他，但他認為思想差太多，將來生活會出問題，況且這些小女生開始認識時都很「乖」，慢慢心態就改變了，他有一個朋友就吃過這種虧。

朋友是跟一個比他小十五歲的原住民女孩結婚，婚後，年輕的妻子將錢花在服飾、打扮上，懶得做家事，天天打麻將，輸贏數十萬，他的朋友吃不消，沒三年就離婚了。

不定居怎麼可能論及婚事呢？我換個話題。他則說，結了婚自然就可以定居。他認為新加坡治安好，但台灣比較熱鬧，譬如有很多ＫＴＶ，這是他最喜歡去的地方，他還說他很會唱國語老歌。「您呢？」他問。

噢，對不起，我一點也不會唱歌，我說。「台灣人不是都很會唱歌嗎？」他又問了一句。「是嗎？我沒有發現。」我回答。

除此之外，我們幾乎找不到別的話題，他什麼也沒問，我也只好沉默，我聽到自己客套地說：過幾天再聯絡吧！便結束了與第十七個男人的談話。

第*18*個男人

他其實還是英俊，只是眉宇之間有一股說不出的鬱悶，這令我感到不自在。

他說他是典型的四川人。

豪爽、隨和、眷村長大、空軍退伍，以上是他的自我形容。

他還說自己因為個性上的障礙，所以工作無法持續，常常吃虧，不停地在換工作。

我們談了一些交友的問題，大部分是他在說，覺得他對朋友很依賴，不過，這只是他的話給我的印象。

對他的第二印象：他似乎過於耽溺及緬懷青春，連收音機都要愈老愈好，音質破裂也沒關係。這個特質與我有些相像。他說自己以前很帥，走在路上很多女生會回頭看他，現在老了，不但沒人看他，「以前我不要的，現在也得不到了」。

他這番話令我想起一個童話故事：一個孩子遇見仙女，仙女帶他到一條鋪滿石頭的小路口，說在路上只有一塊石頭屬於他，但小路只能走過不能回頭。孩子很高興地去了，他發現這些石頭都是光彩眩目的寶石，於是他想找一顆最大的。起初，他找了一顆大寶石，高興地拾起它，但走了幾步又發現更大的，他遲疑了，心想也許更遠的地方還有更大的寶石，便丟掉手上的那顆。他不停走不停換，卻發現寶石愈來愈小了，終於，他什麼也沒得到便走到小路的盡頭。

「可是，我還沒走到盡頭啊！」他說。

空軍退伍的他說自己雖然很聰明，但日子過得苦，平常賺錢就不多，必須一毛一分地節省，何況目前時局不佳，不容易發展，除非有貴人相助。比方說，他前幾年碰到一位美國回來的華僑就很有錢，本來要拿錢出來一起做生意，但是朋友的父母反對，事情才告吹，好可惜。

他問我可不可以幫助他？因為我曾經出過國，「對外面比較熟」，可以一起去闖天下。我說在國外住必須先練習語文，他說那是次要的條件，主要是必須有一技之長，而他有一技之長，他會修電機。

「可是我沒有一技之長。」我表示。沒關係，他說他可以教我。

「不，我笨手笨腳學不會。」他似乎聽出來我的拒絕，然而一點也不氣餒。我們見了一面。他其實還是英俊，只是眉宇之間有一股說不出的鬱悶，這令我感到不自在。事實上我有點怕再看他，我不但無法了解他的鬱悶，而且他的存在提醒我：我是不是也失去了生命中最可貴的寶石？

然而，我們的確都還未走到人生之路的盡頭。

第19個男人

「男女交往是一個碰撞的過程，過一陣子才會有清晰的答案。」

Want to find a woman with whom I can really talk to ……

他半夜一點三十分打電話來，說的都是英文。我在睡夢中知道，他要徵婚，他說白天找不到我，所以晚上打電話。

過了十分鐘，我才明白他並非外國人，而是「在國外長大，比較習慣說英文」。他也會講中文（跟中國人一樣），約四十餘歲，旅美學者，研究的是我所茫然的科學，因為多年來專心於研究，迄今未婚，但得過許多學位。

父母在美國大學教書，家教非常嚴格，他曾經在多年前與一女子論及婚嫁，但遭到父親反對，是，他說。然後呢？難道都不曾與任何女性交往嗎？當然認識一些，都是泛泛之交，因為他還是深愛那位無法與他成婚的女孩，所以逐漸逃避在忙碌的工作中，過著清教徒般的生活。

關於婚姻，他說，他的態度很認真，我的徵婚啟事是他的學生告知他的，也就是說，他的學生比他對自己的婚姻還著急。他說人際關係是一種運轉，不過他不喜歡變來變去，像萬花筒般做排列……他問我是不是想結婚想很久了？我說是啊！最近一、二年特別嚴重。

他還說，男女交往是一個碰撞的過程，過一陣子才會有清晰的答案。我問他喜歡什麼樣的女性。他用英文說：聰明、活潑、善解人意。另外一方面他非常注重身材，不是很注意外表。

習慣用美語溝通的學者大半都在談他自己，他一直強調自己在美國時孤寂清閒的生活，一個人住在一棟七、八個房間的洋房，平常偶爾去實驗室做研究，大部分在家裡看電視，十幾年沒碰過女人。

可能是因為他對生活的形容讓我覺得似乎有那麼一點不真實，或不正常，我終於忍不住問他一個非常不禮貌的問題，我想在倉促的時間內，只有這方面的問題才能進一步了解他。我的問題十分挑釁：那麼多年沒碰過女人，性生活怎麼辦？

他絲毫不以為忤，這一點也令我些許訝異，因為我冒犯的問題多半來自對他話語的不信任。他說性方面，他都試著自己做，在佛州，他買過一個人體娃娃，他說在美國這種事很流行。

我發現自己逐漸被他的談話吸引，但究竟是我對人的弱點感到同情，或者我也有某種程度的窺視狂？這些現在都無法釐清了，畢竟當一個人對另外一個人暴露了自己的弱點後，這便帶給對方多少一些祕密的權力。就像我剛才做的，我把事情寫下來，雖然別人不知道我所描寫的對象究竟是誰，也許他才可能看出一些自己留下的痕跡，即便如此，如果他還是覺得我侵犯了他的隱私權呢？因為我確定我會寫一本書。

我不知道，我因考慮涉及隱私的困擾，而決定不再與他聯絡，當然我也考慮過不會和他結婚。

第十九名男人，我只知道他的英文名字，我們從未見過面，只通過三次電話。

第20個男人

家是寶蓋頭下面有隻豬（豕），所以他不敢貿然成家。

三十餘歲的他，喜歡踏實、安全的感覺。

學歷，高中畢業吧！他說。我問為什麼「吧」？因為不是很惹眼的條件，他回稱，在公家機關做事，是想結婚。

高中畢業就高中畢業嘛！我說，他則答：「是我在徵婚！」我當下弄不清楚是誰在徵誰的婚了？問他徵婚可有條件？他說是健康狀況，健康最重要，他覺得。然後突然表示，平常在同事面前有說有笑，很會講笑話，今天卻不知怎地辭窮？

談談對婚姻的看法吧！我建議。婚姻，婚姻是要抱三分運氣走進去，唉！婚姻，沒結婚的人想鑽進去，結過婚的人想出來。他還認為回答我的問題有點像參加高普考，令他緊張。

他說以前「是有交到女友」，但失敗不合，也是緣分不夠，年輕時總是比較不成熟，現在快四十歲了，是不是太老？這輩子不知道能不能有個孩子？他認為現代社會壓力大，人需要帶帶孩子，舒一口氣，他因為沒有孩子，所以養了許多小狗，如馬爾濟斯、約克夏、博美等名種狗，也算是副業。

平常他喜歡和別人講講話，他的嗜好是朗誦，有時候無聊便拿出書本念，跟唱歌一樣，也像佛教念經，嘴巴念念有詞，「讓一口氣出來。」如果還不過癮，就高歌兩曲。他說，小毛病，不要介意。

他問了一些關於我的細節，我一一據實以答。他說每個人其實都有多面性格，要互相了解也不是那麼容易。他初步診斷我：生活不正常、易失眠、有工作壓力、頭會痛、很悶。他問我想結婚何不找人介紹，為什麼一定要登報公諸於世？我說不認識什麼人可以介紹丈夫給我。他不再接話，問我喜歡不喜歡看電影？當然喜歡，我回答。又問「都是和誰去看電影？」我說大部分都是自己一個人去看電影，他則感慨連連：一個人去看電影會不會覺得被社會遺棄？

不會啊！我說。他覺得刊登徵婚啟事也令人覺得受遺棄。我問他是不是從未徵過婚？他說試過一次，令他非常嘔氣，那是婚姻介紹所，介紹費五百元，替他約了一個女人出去走走，還沒走走，看到雜貨店，那女人便要進去買東西，買了一、二千元的奶粉，又說沒帶錢，要他先替她出，他說那女人「硬要他付」，有受騙的感覺，所以一走出雜貨店，他轉身就走，連再見也沒說。

他又再一次提到，同事都覺得他幽默，而跟我就不行。他雖對我有「滿能交朋友」的感覺，可是他又覺得我冒險犯難的精神很大，「適合在蒙古時代做女勇士。」他說要給我一些金玉良言：結婚可不能冒險，萬一生下小孩，對方不負責，會造成對自己更大的傷害。他認為我對婚姻不夠了解，對人生也不夠澈悟。

他說每個人都想有個家，但很少人知道家是什麼？家是寶蓋頭加隻豬（家），所以他不敢貿然成家，更何況他考慮事情必須面面俱到，想一件事情可以想五年。

最後，他說面對我，他是個應考生，並問我是否順利通過考試？我說他只是口試通過，學科跟術科都還沒考呢！

其實徵婚才不是考試，徵婚只是徵婚，我還這麼告訴他。

第21個男人

他說和同性朋友比較容易談得來，偶爾，他甚至有皈依的念頭，因為「跟女人在一起扯不清」。

他將近四十，離婚七年，是名樂師。

喔，音樂家，我說。他說只是樂匠，是製造聲音的人。

我不能確定他是誰，也許是一位穿花襯衫、米色長褲的男人。他在台上彈琴，他並不知道曾經和他通過電話的我也來到現場。

他說他和前妻個性不合，而且前妻喜歡打牌，沒辦法管她，協議離婚後，他開始深深後悔，但也是命。

前妻留下兩個女兒給他，大女兒讀國中，小女兒讀國小。問他前妻為什麼不要孩子？他說那女人並不愛小孩，而且恐怕帶著孩子再婚不易。

他身材略胖，彈琴時很專心，有人將點唱紙條遞給他時，他會看一下，然後一面翻樂譜，一面造出職業需要的笑容。

他生在北投，住在北投，家庭三代「做樂隊」，平常多在餐廳演奏，貝斯、電子琴都在行。他說生活是忙碌而現實的，白天在錄音室工作，替歌星錄製唱片，做台語唱片比較多，如洪榮宏與葉啟田，晚上則在餐廳演奏，從早要忙到很晚，連孩子都沒時間照顧。

我想沒錯，應該是他。他在休息時間下了台，跟其他樂師有說有笑，然後我看到一個穿著入時的女人招呼他，他們一起走出我的視線範圍。

他認為自己的條件並不好，因為已離過婚，而且個性傾向揮霍，賺多少便花多少，喜歡買東西，譬如買了許多大型樂器，因此積蓄不多，不過，他有房子，日子還算過得去。他沒什麼嗜好，除了釣魚、照相以及偶爾玩玩電動玩具。

他理想的結婚對象，要對兩個孩子沒有排斥感，能分工合作，還要有緣。

他說，離婚之後，他斷斷續續、並不認真地交過一些女友，他也說近年來喜歡與男性朋友交往，和他們一起研究佛學禪理、喝喝茶，他說和同性朋友比較談得來，偶爾，他甚至有皈依的念頭，因為「跟女人在一起扯不清」。

我記得那位穿著入時的女人，但我沒追問他任何事。

我說既然有皈依的念頭，怎麼又想結婚呢？他只是說自己想得很開，想看看與我有無緣分，他做人的原則是不騙人，能交個朋友最好，不能的話也留個祝福。

他提到一家寵物店介紹天竺鼠給他養，老闆說得天花亂墜使他心動，但養老鼠真的無聊又麻煩，他從此不再去那家店，老鼠也慢慢死了。

他永遠不知道，曾經有一天，我在這世界上的某個角落看過他，而且非常害怕他認出我。

他問我是否要再聯絡？我說他可以打電話給我。但他並未如此做，我也不曾去問他究竟為什麼。

第22個男人

他說他只是缺乏幽默感。

他的嗜好是開車兜風。

他穿黑色長大衣，是徵婚人中最年輕的一位。在電話上，曾婉轉地告訴他，年紀差太多了，並不適合，他卻堅持自己看起來很成熟，一定要見個面。

我們第一次約在新生南路與信義路口，那天風很大，冬季下午的冷風，我站在路口十分鐘，他沒來。我有一點受騙的感覺，也有一點無所謂。

第二次見面在復興北路。他白白淨淨一張臉，講話似乎怕自己講錯似的，那麼緩慢。我慢慢發現他有些口吃，表達能力不很好。

走在復興北路上，找一家咖啡館，那時下著微雨，他打開他手上的傘為我遮雨，我覺得尷尬，便建議走騎樓，碰巧遇見一位好久不見的朋友，我站在騎樓下和朋友說話，他有意站遠好幾步。我察覺自己並不樂意將他介紹給我的朋友，還擔心別人會產生其他的聯想，我甚至想與他告別，到朋友家去聊天，但還好我並未如此做。

我們坐在一家蜜蜂咖啡屋，應該是全台北市最後一家蜜蜂咖啡屋吧！喝咖啡，他在10°c的下午喝冰咖啡，垂首無語。我只好問他一些問題，譬如為什麼想結婚，以及是否交過女友？他說是交過女朋友，但「環境的因素無法和對方結合」。後來他又改口說交過數個女友，但都不曾愛對方。

我們就那樣斜對面坐著。他說他喜歡比他年長的女性，因為年紀大一點的女性比較成熟。我問他是否有戀母情結？他一臉愕然，隨即又說，認識一位和我年紀相仿的女人，但她卻十分幼稚。他提到他的家世，父親是高級警官，對他交往的對象很挑剔。

「妳喜歡什麼樣的男孩？」他三次問我同樣的問題，似乎有些健忘，我原封不動地回答他：聊得來、穩重、有責任心及幽默感。

他說這幾個條件中，他只缺乏幽默感，我說那很可惜。他又低頭了，他低頭的樣子像小孩，那種祖母會疼愛的小男孩，我注意到他手上有兩處傷口未癒，突然有點同情他。我說他需要的是談戀愛，而我要的是一個可以結婚的人。

我告辭時，他沒看我，只說：再坐一下。我「坐了一下」，才離開那裡，那時是下午七點。那天晚上十一點鐘，他又撥電話來，問可否來我住的地方？

他想看看裝潢，他說看裝潢可以知道一個人的個性，又問我要不要去他服務的公司當展示小姐？我一一拒絕，只留下一句話給他：祝你好運。

第23個男人

他開始覺得人生乏味，把許多時間拿去上班，週末則去釣魚。

他是天蠍座，喜歡喝茶。

我走進談話頭餐廳時，他正在喝他所宣稱難喝的紅茶，我向他說對不起遲到並且可能還會早退時，他的表情不由自主地改變了。

星期天下午的約會是聯絡了七、八次電話之後才訂下的，因為他非常忙，同時做兩份工作，每天只睡四小時，工作那麼多的原因是因為不願意想太多。

不願意想太多的原因是因為和女友吵翻了。對方家庭子女眾多，口舌紛雜，常有糾紛。而他自己家庭關係也不和諧，父親剛去世，母親的喪禮也是去年才辦完，他開始覺得人生乏味，把許多時間拿去上班，週末則去釣魚。赴約之前，他一大早去釣魚中心釣了十個小時的魚。

魚呢？我問。

是釣了不少魚，都還給釣魚中心。他說他不喜歡吃魚，因為魚刺太多，麻煩，釣魚只是打發時間。

也許他發現我對他做兩份工作這件事反應十分驚訝，他又補充說明原因：趁年輕時多賺一些錢，老來才不會沒飯吃。他還說如果我們開始交往，他願意辭去一份工作。他不明白，其實讓我驚訝的原因只是他可以做兩份工作，我自己又懶又恨打卡，我一份工作也做不了。

然後，他提起他的房子、錢。我們各自吃一碗牛肉麵，我發現自己也沉重起來，好像試圖在抵抗他的情緒感染，或者說，在努力排斥如此的生命情調？

我至今不清楚，自己究竟不喜歡他血色太黑的嘴唇還是無法自拔的憂鬱症。我自己有時候也不快樂，但是他的憂鬱中似乎含有太多的自虐。但我到底了解他多少呢？他是不是真的想和我結婚呢？這些我真的都不知道。

他成為星期天下午約會的一名徵婚男子，之後，也許他又回到他的釣魚世界，而我，我也回到我小小的無謂的生活。

第24個男人

「如果電話不通勿疑之，請另函告知。」

面貌不清，字體扭曲。這是我對他全部的印象。

我刊登了三次徵婚啟事，他三次都來應徵，同一個男人的聲音，同一種語調，他總是先說要寄他的資料給我，要我的住址，我給他一樣的地址、姓名，他還是每次寄來：吳小姐收。裡面總是只一張應徵工作的簡歷表格及一張身分證的複印。

仔細看他三張履歷表，我發現年齡竟然都不一樣，先是三十五歲左右，再說三十六左右，最後一封寫三十八歲。至於學歷則是高專職科土木建築畢業（？），曾任職務是營造助理工程師、土木繪圖、測量繪圖等等。我完全不明白他到底在做什麼？

他的字跡扭曲難以分辨，在「曾任職務欄」中，他填寫：正職、負責、上進、有房蓄、立業有成、無不良嗜好、人品端正、穩重善良、誠婚盼緣。最後一律加上一句：如電話偶不通勿疑之，請另信函告知，盼妳回信。最有趣的是，他在「希望待遇欄」下寫：不供膳。

我按照他所填寫的電話號碼撥電話給他，是一位講閩南語的老太太接電話，她說她是他母親，有蝦米代誌都可以告訴她，又問我是不是看報紙的？（我說不是。）叫我晚一點再找他，因為他下班回家時都會遇到塞車，八、九點鐘才到家。「來坐啦！」她掛上電話前這麼說。

我終於找到他。他接電話時不出聲，我「喂，喂，喂」了好久，他才冒出：找誰？我問他是不是想徵婚，他才以和緩的語氣回答：是啊！想找哪一類的對象呢？他想了一下，才說他是很坦白的人，不會太挑剔，一個會持家的女人就好了。

怎麼樣才算會持家呢？我問。他說持家就是每天做飯、洗衣。我不服氣地加上一句：那不是跟請個傭人一樣嗎？他又愣了一下才說：「我偶爾也會幫忙呀！」

他說，現代社會變遷太快，而他自己卻是一個守舊、傳統的人，他希望未來的結婚伴侶穩重、成熟、有女人味、對人生有「正確的觀念」，換句話說就是要能「嫁雞隨雞」，並且不能摒棄保守主義的優點。

另外，他說自己事業雖然有成，但孑然一身，所以和母親一樣篤信佛教。此外，結婚後他的妻子必須能和婆婆同住，最理想是妻子出去工作，這樣婆媳之間比較好溝通。他在談話中好幾次說自己不肖，因為不能成婚，過年過節，母親提到他就掉淚。

他以前「是有碰過一些女孩」，但是一方面以前自己太挑剔了，另一方面因為太內向，所以常被人甩掉，算是「自己害自己」。還有，他認為自己不英俊、瀟灑，也是到了中年還未結婚的一個原因。

平常，他下了班就回家看看錄影帶、聽聽音樂，偶爾假日就獨自出去逛街、看電影。他說他很少交往朋友，因為他怕觸景傷情，大家都有賢內助和孩子，而他卻什麼也沒有。什麼也沒有。

他說人要養孩子，這樣對「社會才有貢獻」，如果不養孩子，老後會孤苦伶仃，更糟糕的是將來沒有人替你料理後事。

我實在不同意他的「正確人生觀」，就對他說，他要找的一定不是我這種人，我不合適，「妳已經過了三十歲，很合適啊！」他說，三十歲的女人都很穩重、成熟。可是我不會做家事，而且和他生活必須負太多責任了，我說。他並未真的明瞭我的意思，他急著想結婚，又始終找不到對象，日子似乎漫長、無聊而無止境，怎麼辦呢？我一分鐘也不想和他一起活下去。

第25個男人

他說他一生是在還未婚之妻的債。

他大約六十多歲，多愁善感。

他說他是軍人，以前一直在國外當武官，住過美國、歐洲及非洲，因為結婚要上級認可，所以一直耽誤至今，最近覺得自己沒有老伴，很憂鬱，想找一位溫柔、體貼的姑娘，把家交給她。

雖然他認識很多外國女人，但是他不會跟她們結婚，因為外國女人「朝三暮四，非常現實，如果有病痛，她們根本不肯照顧，」「台灣人也很難搞，以前喜歡嫁軍人，現在不一樣了，很麻煩。」他說他想找個「內地人」。

他說他沒有任何嗜好，不打牌、不喝酒、不抽菸、不跳舞，一個人住一棟非常大的房子，生活十分孤單。

冒昧講這麼多，得罪妳了嗎？他問，還說他看起來不到五十歲，我可以考慮合不合適。我直接地表示年齡相差懸殊，我不想考慮。「那不一定哦！」他說：「老少配最合適。」我問他那麼多年一直獨身，為什麼反而老年想結婚？他說前幾天去榮總做身體檢查，醫生勸他結婚，說不結婚對身體不好。

他還順便告訴我，檢查他身體的護士很年輕，二十多歲吧！一直看他，對他有意思。我問他怎麼知道護士對他有意思？也許她只是好奇打量他而已。他立刻說我根本不懂，「因為女孩看人，眼睛會說話。」

聽他這麼說，我便不再發表意見。

他說他的命好，跟先總統一樣，頭大、額高，是奇相。小時候在江蘇看相，人說有成就，應該去讀書，將來是相爵，一生逢凶化吉，不過會剋死自己親人。果然，兩年後，他八歲那年去西湖玩，孿生兄弟溺水，而他卻不能救他。

其實剋死的不只是弟弟，還有他未曾謀面的未婚妻。他說他一生是在還未婚之妻的債，才會對很多人一見鍾情、念念不忘卻一直無法結婚，痛苦了四十多年。

事情發生是在民國三十八年，國軍從上海撤退，他先到了台灣，他的未婚妻買不到票，只好坐下一艘船，但他到基隆望穿秋水，接了空，船沉入海底了。那女生是上海人，在照片上顯得非常漂亮，母親替他做媒訂婚，他說，她在中央銀行做事，會繡繡花枕頭，那一次天人永隔使他兩個月沒說過話，被送到台大醫院去做心理治療。

他曾經因內疚而想出家當和尚，被人勸阻，深深的失落感一直伴隨著他，所以早年他一直逃避婚姻。

後來，他被保送到美國西點軍校，以第二名畢業。在國外，因為社會風氣開放，他曾經和一些外國女人同居，但他覺得那些女人沒感情，一味追求感官快樂。譬如在法國時，在凡爾賽林，一些女人常常什麼衣服也不穿，披一件獸皮大衣，站在路邊找對象，跟她們不必打招呼也不需互通姓名便可以玩一玩，甚至在大庭廣眾下性交。

我遲疑了，不知道該不該告訴他自己在巴黎住過多年，他所描述的凡爾賽林與事實有些出入？但這重要嗎？或者我在想，什麼是重要的呢？他似乎對發表看法這件事遠比對了解我有興趣得多，他甚至記不得我的姓名，我為什麼要向他談到自己呢？

他並不知道我的遲疑，不停地談自己的過去，還做了一個結論：每個人都需要愛情，他也不例外，而愈得不到就愈想要。他說，愈聰明的人愈容易談愛情，但愈聰明的人也愈寂寞……

我問他官做那麼高，房子也那麼大，為什麼結婚那麼難？從來沒遇過什麼對象嗎？

他說對象當然有，以前認識一位女人，後來才知道她是通緝犯，他愛過她，還幫她弄出國，替她還債，但是那位女人一直無法回國，後來她在國外成婚了。

還有，最近國內一位知名的將軍也要為他撮合婚姻，介紹自己的姊姊給他。將軍的姊姊四十餘歲，離過婚，喜歡抽菸、打牌，而他卻只愛郊遊與兜風，興趣完全不同。他形容得很直接：娶一個打牌的老婆，三、四天打牌不回家，一個人睡覺有什麼意思？

他同時提起另一位將級人士的家庭醜聞……

我認為他所敘述的任何事情都十分瑣碎而平凡，但也許這正是我對他的好奇吧？我總不能夠在每個時刻去想生活或生命到底有何意義吧？

但也許我並不喜歡平凡而瑣碎的人？

第26個男人

他解釋自己公司很忙，
無法久候，就急忙把電話掛上了。

他說他是一個事業心很強的人。

以前在一家著名的酒店當經理，最近自己創業，弟、妹都已完婚，只剩一個母親需要照顧。

出來見個面好嗎？他問。

我們約好兩點半在紫藤廬，當我下午兩點四十五分趕到那裡時，他已走了。根據溫柔客氣有禮的服務小姐描述，他進來沒多久，說是等人，然後便開門走了。

我遲到十五分鐘。

走出茶藝館，施工中的新生南路灰濛濛，幾個男人站在騎樓下，都穿西裝、打領帶，我實在看不出來哪一位事業心很強。我猜想他一定是其中一位，我成為被他窺視的對象，也許他想先由外觀察我，才決定要不要與我見面？我站在馬路上猜測所有的原因，為什麼他和我訂下約會？為什麼又逕行離去？

我有點責怪自己，穿的風衣顏色太鮮豔，又著一雙大球鞋，也許他便是樓下的某位男人，他一定認為我的打扮太怪異，才不願出面與我相認。

但是我真的沒道理自責啊！我這麼告誡自己，並攔下一輛計程車回家。六時十五分，他打電話來，我說一句：才遲到十五分，你就走了。他解釋自己公司很忙，無法久候，就急忙把電話掛上了。

我有些意外，並且似乎也有些不高興，但我並不是很清楚為什麼。

第27個男人

他說，他只想找朋友「而已」。

他說他不擅言辭，沒有朋友也沒有工作。

個性的關係，他說明，他很內向，再加上接觸層面很窄，不知道別人的想法，所以不容易交朋友。退伍一年多，是找過工作，別人也一直催他去上班，但是，他覺得還是在家裡的店面幫忙比較好。

妳真的想結婚嗎？他問。

我說，是啊！我真的想結婚。他說他只是想找朋友「而已」。想找朋友還是女朋友？我嚴肅地問。

他說他從來沒交過女朋友。有沒有找過妓女呢？我隨口問他。「有找過一次。」沒想到他卻這麼告訴我，是姊姊帶他去找，姊姊說這麼大了，當處男不好，叫他去試理髮店，花了兩千元。only one (once)，他說。

然後，他修正，其實不只一次啦！兩次，不，總共是三次。是去礁溪洗溫泉啦！他說那裡比較便宜，六百元就好了。女孩子「身材不錯，臉蛋普通」，會先和他聊天，「用手，再用那個」。她教他很多事情。

他說很想再去找那位礁溪女孩子，每次講到這種事，他就全身發抖。

也許你應該再去找她，我說，或者應該去找別人，因為我想結婚而你只想找女友「而已」。

去哪裡呢？他問我。我建議他登報，他說不知道怎麼做？我把登報辦法告訴他，他又說，不知道文案該怎麼寫？我問他的特徵，他說他很斯文。於是我便替他寫了這樣的一則啟事：

男，二十五，斯文有愛心，誠徵女友，活潑、善解人意，年齡不拘。

過了幾天，他打電話給我，說廣告刊登了，但卻沒有人打電話給他，只有一位五十多歲的寡婦。他問我怎麼辦？

我還能做什麼呢？我不知道，也許應該再去問你姊姊吧！我說。

第28個男人

他說，那女孩想找一個會跳舞的男人。

他說他是安徽人，我聽成南非人，四十歲左右，貿易人士。

他詢問我的年齡、身高、體重（跟大多數徵婚人一樣），還問我有沒有嗜好。

我喜歡看電影。他問：西片還是國片？我說只要有趣都看。他呢？他不喜歡看國片，都看西片。曾經有人介紹他看侯孝賢的《戀戀風塵》和《悲情城市》，他看了都覺得沉悶。

他最常看的還是電視。

至於朋友，四、五個，不太多，不喜歡濫交。女朋友則交過一個，對方去香港工作三年，忘了她的電話號碼，一直沒有聯絡，後來對方結婚，新郎不是他，曾經打電話來訴苦。

你好像不怎麼愛她？我問。

他說是她不怎麼愛他。那位三十多歲的女孩很喜歡跳舞，嫌他笨手笨腳又不會講話，想找一個會跳舞的男人，後來和她結婚的男人是喜歡跳舞，而且會講話，可是他們相處卻有問題，個性還是不合，結婚竟然沒有去度蜜月，當然也沒有去跳舞。

那個三十多歲的女孩在找一個羅曼蒂克的男人，他說，而要說浪漫，其實他最浪漫了，這一點，他自己非常清楚。

只可惜她沒有發現。

他說他想結婚，看了很多，同事也介紹了很多。有一個三十四歲的女孩好乖，太乖了，簡直是生活正常、規律，和父母住在一起，從來不曾晚上十點以後回家，他不喜歡太乖的女孩。

三十四歲還叫「女孩」啊？我說，應該是女人吧！他笑了，說我很有趣，「常常聯絡嘛！」他接著說，他喜歡聰明的「女人」，最好是大學畢業，因為他自己只有高中畢業而已。

我並不聰明，我說，而且也沒有念大學，念到高職就輟學，我謊稱。誰知他卻見風轉舵：也很好，專業啊！

他說了好幾次：給個機會嘛！

我說自己是個挑剔的人。他強調：女孩子都不挑我，都是我挑別人喔！他所謂的女孩子，多半在圖書館或銀行相遇，留下姓名的人。

他問我喜歡什麼樣的「男孩」？我說我喜歡穩重有思想的男人。「趙寧那種嗎？」他問，我不作答。「還是李敖？」仍然緘默。

「妳很可愛，」他說：「我就是欣賞妳這種個性的女人！」是嗎？我心想，我不是一直和他唱反調嗎？他喜歡的真是我所表現的那個人嗎？我表現的又真的不是我嗎？

我想知道，我試探性地問：會不會和我這種人結婚？

沒想到他居然說：同居可不可以？

我一時答不上話來。

第29個男人

「抱歉，失陪。」他掛上電話。

他的聲音非常低靡，我和他全部的對話只有七句

「是婚友介紹所嗎？」

「不是。」我說。

「對不起，怎麼參加？」

「現在不是在參加嗎？」

「想交男朋友嗎？」

「不是，想結婚。」

「抱歉，失陪。」他掛上電話。

第30個男人

「女方幾歲？」

我和他的對話更短，不到三句

「女方幾歲？」

「三十。」

「謝謝。」

第31個男人

「如果你願意的話，我們可以做朋友。」

他是香港來的僑生，今年二十二歲，正在念五專。

我問他才二十二歲為什麼要徵婚？他說不知道，為了打發時間吧！為了認識奇奇怪怪的人吧！

他一個人住在萬芳社區，幫別人看房子，覺得無聊，所以才打電話。他所就讀的工專今天舉辦蔣公追思登山什麼的，他說他才不要去，對同年紀的小女生沒興趣。

他說是因為人笨，才交不到女朋友。曾經在香港認識一個，但不久，她便對別人撒嬌去了，害他好傷心。他還說香港女孩子很勢利，像他沒有錢，根本沒有人會愛他。台灣女孩呢？他就不知道，來台灣才半年。

這半年讓他眼界大開，他喜歡騎摩托車到處兜風。香港九七期限將至，父母會留在香港，而他想住台灣。

「如果妳願意的話，我們可以做朋友。」他說。我說是的，我知道，如果我願意的話，我們可以做朋友。只是，我們並沒成為朋友。

第32個男人

他說寂寞的日子過久了，夢想便漸漸破滅。

他身高不高，是國小教師。

未婚。他說未婚的原因可能是自己人土土的，不知道怎樣與人深交，關係進展不開，再者，現代女性都很在乎外表，所以相親相了好多次都相不成。去過婚姻介紹所，人家總是介紹一些不理想的女孩，否則就是女孩不理他。還有，更糟的是很多高大的男人也找小巧的女生，「把我們的對象搶光光。」

他家住花蓮，他說。好多年前他在鄉下教書，認識了一個女朋友，但工作調遷到台北後，女方聽從父母，不願跟他來，當時他才二十四歲，還沒考慮到結婚這種事，於是，好事便蹉跎過去，那女子早已嫁為人婦，小孩都好幾個。

又能怎麼樣呢？

他說話的語氣，我幾乎無法分辨是不是在感嘆。我問他為什麼不再回鄉下教書？他先說再回去也沒人要了，又說有想過回去，因為鄉下人重視公務員，也許只有回去才找得到對象，畢竟鄉下人還是淳樸一些。

可是，在花蓮教書，白天雖然一樣工作，晚上卻無事可做。在台北不一樣嗎？在台北還可以看電影，去國家劇院看默劇，這也是當初他來台北的目的：多多見識。

他對哲學有興趣，常常讀新潮文庫的書，認為影響他最大的一本書，是心理學家阿德勒的《自卑與超越》，他說阿德勒的理論幫助他更了解生命的本質，也更能肯定自己，不過，他的朋友都覺得「看這種書的人心態比較消極」，他難以和他們溝通。

他還說，自己不會喝酒，也不懂得玩，所以朋友極少，教書匠的生活之外，只好一個人四處做一些藝文活動，畢竟那是他喜歡的。然而，他說寂寞的日子過久了，夢想便漸漸破滅，何時才能找到一位知心伴侶？他三十六歲了。

其實每個人總是有屬於自己的憂愁與痛苦，一個人生活偶爾也有快樂的時刻，日子總是要過的，有緣人總是會出現的。我安慰他好像在安慰自己，話到一半無法繼續，把電話掛了。

第33個男人

他問我徵婚是不是在開玩笑？
會不會到時電話號碼改了，查無此人？

他自稱瘦瘦高高，長得很像華視新聞播報員奚聖林。

他說他對我的第一句話有感覺，何況我又是外省人，他說他的「省籍觀念很重」。他抽菸，任職傳播公司，大專畢業，十分講究生活品質，最喜歡看文藝片，《亂世佳人》看了好多次。

他屢次在路邊打電話來。問他為什麼不在家裡打電話？他說母親正在談股票經。

他和父母住。父親軍人，他非常敬佩。他說少年時代在西門町混，對「青蘋果」、「幫派」都很熟，父親知道後一直沒有說話。高一下學期一個晚上和人打架，回家後，父親打了他一巴掌，父親說：一個人，尤其是一個男人，如果被人看不起的話，一輩子就完蛋了！這句話影響了他一生。還有一次是服兵役下南部時，父親趁他不注意，在口袋裡放了三千元，他很感動，幾乎哭了。他說父親是個有修養的人，他從小在眷村長大，從未聽過父親講過一句髒話。

他也問我和父親關係如何？我正想認真地分析，就被他打斷，他問我徵婚是不是在開玩笑？會不會到時電話號碼改了，查無此人？

他談到分手一年多的女朋友。她來自不健全的家庭，情緒變化很大，也很孩子氣，他一直對她很憐恤，但她十分歇斯底里，會在他工作最忙的時候打電話要他去找她，做一些他不能做的事，由於這段感情發展「動盪不安」，因此對他產生了一些傷害，他希望不要和她聯絡。

「妳會不會也很歇斯底里？」他問。

我說這要看我處在什麼狀況。他問什麼狀況？我思索時又被他打斷話題，他又說了一次他覺得我根本不想徵婚，我沉默了許久，考慮應該如何解釋自己。

他再三約我聖誕節到台東一帶走走，我沒有答應。

一天晚上，他又打電話來，他說：「人心險惡、難以預測。」他剛看完報紙非常震驚。我當下緊張起來，立刻從椅子坐正，以為有人告訴了他我不姓吳，他是來指責我？原來，是他在報上看到一則警告啟事，他以前的同事捲款逃亡，「所以妳不要騙我。」我一時結舌。他接著說：「妳答應要打電話給我，卻沒打。」他說他對我充滿疑惑，因為「被騙怕了」，這個社會太黑暗。

可能因為他這一席話，我鼓起勇氣告訴他，我並不想用他所認為徵婚應該有的態度徵婚，我有自己的看法，而且我有好多人要見，我還不想把心思放在他一個人身上。他聽了只是唯唯地說：「好吧！那以後不要再聯絡了。」

事隔兩個月，我曾在一個非常意外的場合看過他，我知道那個人一定是他，卻不敢向他打招呼，我覺得似乎也不應該，也許他永遠不願意任何人知道他曾和我談過徵婚的事。

留下來使我困惑的是：徵婚的人應該怎樣？做什麼？他為什麼覺得我不是真的在徵婚？

第34個男人

他說要娶妻，若娶不到「白布」，
就最好娶「大染缸」。

他一頭長髮，心事重重。

因為在國外住了六年，剛從美國回來，一時不能適應改變太多的台灣，而且找房子太難，他幾乎天天與仲介公司吵架，正在考慮是否應回美國。

他說他是沒事幹才與我聯絡，要結婚，可以，簡單，可以馬上結，反正不合就離嘛！

我說那麼容易結婚，是不是人盡可妻？他說這麼快就求婚，這是第一次。如果我是妓女呢？我問。他說要娶妻若娶不到「白布」，就最好娶「大染缸」，為什麼呢？因為他覺得寧可娶達達，不可娶老婆當達達。我問他什麼叫達達，他說就是whore，婊子的意思。

但是這種婚姻觀父母能接受嗎？不一定，但是，有人會要結婚了還說自己是妓女嗎？他還說，台灣人多半為別人結婚，他呢？他不會這麼做。他曾經計畫與外國女友結婚，家人並不反對，但還來不及結婚，對方已經另結新歡了。

回到台灣半年多，發覺台灣女孩愈來愈不單純，比起過往更物質化、拜金，「特種營業到處充斥，未成年少女做這行很普遍。」但是他並不怪她們，他認為這是社會風氣使然，妓女，妓女也是人，他可以跟她們做朋友。譬如他就曾經透過交友公司介紹，與一名航空公司的小姐外宿賓館，七千元，他對那位小姐很滿意，一直想再找她，可惜電話始終接不上。交友公司推薦另一位歌星小姐，就比較貴，兩萬，他覺得不值得。

男人在美國住舊金山，從事貿易，他說他對那裡的台灣人最看不慣，而回到台灣，對這裡許多事也不喜歡。他寫信給許多人，如總統、郝柏村、趙少康等，他言無不盡地指出自己的看法，看看能不能改善這個社會。

他給李登輝寫了三封信，把這半年來他觀察出一些不正常的現象都告訴他，結果，總統府回了信，說感謝他的來函，會轉交各有關單位參考，云云。

寫給郝柏村的信，他提到台灣各娛樂場所竟然可以隨便賣酒給未滿十八歲的青少年，這十分不應該，他說，在美國，有些州規定二十一歲以下的青少年根本不准出入酒吧。根據郝柏村的回信，行政院早已下令全國警察機關遏阻青少年出入酒吧的惡習。

另外一封他向郝柏村建議取消中學女生准予留髮的決定，他認為，只有讓女學生留西瓜皮的髮型才能杜絕強暴事件。

這一封郝柏村先生沒有回答。

給趙少康的書信則提及公務員的待遇問題。他直言，要提高政府的公信力則須先提高公務員的權利和待遇，否則，公務員容易轉行，或者政府機關服務品質低落，非百姓之福。

那時尚未就任環保署的趙少康先生也沒回信。應該是忙壞了，他說。

他向我表示，很多人覺得他是瘋子，而我卻聽得津津有味，令他對我感到好奇。他說他真的考慮跟我結婚，還說自己很需要感情，那麼多年談感情，每次受傷的總是他，為什麼？他問我，要結婚嗎？

我不知道，我說，我覺得他在開玩笑。「也許吧！」他回答。

第35個男人

他的結婚對象條件不多：
一、女人；二、活著。

他在答錄機上留下兩句詩：曾經滄海難為水，除卻巫山不是雲。

他說這兩句詩是他的心情寫照，還說跟我說話好緊張，沒辦法，因為沒交過女朋友，他喜歡別人，但是都沒有人喜歡他，每次他開口講兩句話就沒人理他，付出感情也沒用，沒辦法，沒辦法。而且人長得很醜，不敢見人，不敢見人，又只是個工廠夥計，所以他的結婚對象條件不多：一、女人；二、活著。

我說我的條件要比他多一件：幽默。幽默，怎麼幽默法？他問。我笑了，他又問我為什麼笑？

真的是一個朋友也沒有，不要說女朋友，連男的朋友也沒有，難喔！難喔！我們這個社會，人和人之間只有利害關係喔！他不停地抱怨。我幾乎開始懷疑，他之所以沒有朋友，是不是我也有責任？難道我願意和他做朋友嗎？

給心吃，還嫌苦，他這麼說。

第36個男人

他現在不能結婚，因為已被「包」了，
但是他很願意和我做朋友。

「只要妳愛我，我可以為妳付出一切。」

他說他是黑道人物，混的。

二十來歲，未婚，沒有家，長期住旅館，雙親已逝，姊姊在大學教書，有個政界叔叔，但從來不拜託他們做任何事。

他對母親的記憶很遙遠，只知道是日本人，她穿和服的照片很美，父親則從未見過面。他說，小時候沒得到什麼愛，所以長大了需要很多。

他說他不是單純的人，打電話是想了解我，覺得我可能是一個飽受感情摧殘的人，可能需要安慰，他剛好一個人在家，很無聊，可以和我說說話。

他說他是給上班小姐包的，女友醋勁很大，每天回家都會檢查床單是否起皺？他說他喜歡跟成熟的女人來往，每一個女人在他眼中都很漂亮，反正，他喜歡女人，不甘寂寞。

小學一年級開始吃檳榔，國一便與女生發生關係，十八歲那年做過午夜牛郎，陪男人，兩萬元睡一次。他說衣服才一脫，他受不了，立刻奪門而出。

後來去當殺手，在賭場幹保鏢。他說他很狠，也很溫柔，個性極端，別人對他好一分，他會對別人好十分，反之亦然。

殺手需要訓練，譬如把人和沒吃飯的狼狗關在一起，他說，把人訓練到見到血便發狂，當他不高興時，他可以把貓活活虐待死。不過，他說在道上混也有道上的規矩，四種人不侵犯：一、女人；二、老人；三、小孩；四、殘障者，這些人如果與他有仇，他絕不會親自下手。

一位算命的人曾經說，他這種命不是極好就是極惡，他的朋友則說，他不應該活在這世界，而他不確定，所以要活活看。不過，他不想活太長，活太長沒意思，他說，活得快樂一點更重要。

他現在不能結婚，因為已被「包」了，但是他很願意和我做朋友，他可以教我跳交際舞，他說他非常內行，專教有錢的太太跳舞。他還說他很害怕寂寞，有時半夜難過起來會痛哭，他知道自己不是單純的人，因為他常常看到鬼……

當他說到此時，電話上突然傳來開門聲，他立刻結束話題，留下一句：我女人回來了。便把電話掛上。

這位不知姓名的第三十六個男人，從此失去聯繫，我們這一生中只通過這一次電話，也許是唯一的一次，但我對他有某種熟悉的感覺，他留給我的深刻印象，我一輩子不會忘記。

第37個男人

「如果一個人曾經以賓士代步，以後怎麼可能換裕隆開呢？」

三十六歲的他未婚，這件事說來話長。

如果一個人曾經以賓士代步，以後怎麼可能換裕隆開呢？他比喻。曾經擁有過好幾個女友，現在一個個都嫁了，婚後都很幸福，他想結婚，但找的對象不能比以前的女友差才行。

他自己做了結論：年輕時好玩，不想結婚，錯失良緣，年紀稍大，交往前考慮很多，不再為感情而感情，又如何得到真心人？

他是個浪漫的人，追求絕對的完美，他說，很多人看他的外表，總以為他是花花公子，他認為別人不了解，其實他對感情很認真，當他喜歡一個女人，可以不顧一切，道德、財產又算什麼？不過，那些都已成過眼雲煙，曾經愛過恨過，也曾經有人愛他愛到要死，所以這一生已經值得。

他問我為什麼要徵婚，是不是有難言之隱？懷孕了嗎？還是想急就章，隨便抓根木頭？我說沒有懷孕，也不想隨便找一根木頭，只是想結婚。

他說我是一個撲朔迷離的女人，對我開始有興趣，不過，他說結婚是冒險，怎能遽爾決定？我請他再與我聯絡，但他並未這麼做。

第38個男人

他告訴我如何找到他，只要找服務台第三號，然後說：先生，我要開戶。

他說他是商品，如果我不願意購買要告訴他。

這項買賣能夠成交只有兩個原則：一、要談得來；二、個性相投。至於他自己，農家子弟，家庭背景不好，但他是一個有頭腦的人，再者，他的外表很體面，又有女人緣，所以才「大膽」來應徵。

他是在偶然的機會聽到一位與我徵婚的人——他的朋友談起，發現他自己和我十分匹配，才火速與我聯絡，而他的朋友已決定退出。

目前服務於證券公司，金錢市場是個陷阱，他說，自己沒玩過股票，才一腳踏進去就面臨大崩盤，正是流年不利，慘兮兮！再加上他在商場經驗不多，不夠圓滑、狡詐，所以不但沒賺到錢，反而虧損連連，最近才現虧二十萬呢！但是他很樂觀，他說，人看事情應往遠處看，如果我要結婚的話，經濟方面大可放心。

他說自己從小就在外面闖蕩，性格成熟，也有見地。算命說他三十二歲會結婚，那就是明年，今年的他會破產，露大財，需要去安太歲，但是他很忙沒時間去，今年就要過去了。他要找的對象不是事業型的女人，而且女孩子不可以太能幹，否則會起衝突，一個家庭畢竟還是要有人主內，有人主外。

很介意外表嗎？他問我。我說，也許吧！你不介意外表嗎？

我們見面之後，他談到我時說，我的外貌普通，看起來比實際年齡要老，這使我感到些微不悅，不悅的原因可能包括我相信他說的是實話，而另一個原因則是，我對他也有一樣的看法。

我們的見面是在重慶北路的路邊，我約他出來看明華園歌仔戲露天演出《真命天子》。他根本不知道什麼是明華園，從小到大也沒看過歌仔戲，我很驚訝，歌仔戲不是鄉下最常見的文娛活動嗎？他說他沒興趣，很小就嚮往都市，覺得看歌仔戲「很落伍」，他對我才感到驚訝呢！居然會喜歡看歌仔戲！

不過，為了見我一面，他倒可以放棄己見。

那天是年節將至的微雨天，我們都沒帶傘，坐在鑼鼓喧天的舞台前，他買來幾份雞翅膀和烤魷魚，我說不想吃，他堅持請客。我的眼睛注視舞台上的演出，心裡在想，我比電話上更不喜歡他了。為什麼？

早先，他屢次提議我見面，我總是說會去證券公司找他，我想去證券公司見識見識，因為沒去過。他告訴我一個辦法可以找到他，只要找服務台的第三號，然後說：先生，我要開戶。這樣他就知道是我，這是我們兩人的密碼。我喜歡這主意，這個密碼，在大都會的台北，在人群湧動的證券公司，我只要說出密碼，就有一個男人會注意到我。

我想，如果我真的按照密碼找到他，也許我會喜歡他？可惜，我自己破壞了密碼的魔力。還有，他不是商品，這件事不是買賣，只是我不再有機會告訴他。

第39個男人

妳到底暸不暸解我們臭男人？他問。

「妳是不是作家？」

我們談話還不到一個鐘頭，他便問我這個問題，而且還要求我誠實以答。

我不是作家，只是喜歡寫字，我說（這是實話）。他表示聽我這麼說，更確定我是作家了，因為從與我交談的第一分鐘起，他就認為我相當有頭腦，組織能力很強，能夠了解別人的想法，應該就是作家。

作家就不能徵婚嗎？我問他。

「可以，可以。」他第一次打電話給我，是在三重一家 7-Eleven 的門口，說是在等外國客戶一起去工廠，他不斷地撥三分鐘電話，我也沒反對，他說他愈講愈像在對我推銷他自己，而我卻聽到一連串的英文字：trouble, surprise, business, good night……

他，三十六歲，未婚，自認條件還不錯，曾有一段不愉快的過去，目前在經營一家外銷公司，但生意不好做，台幣又升值了，而且比方說，他在「荒郊野外」已等了一個半鐘頭，那位外國客戶還不來。

曾經有一段不愉快的過去，當初該把握卻沒把握，當初該了斷也沒了斷。

最近心情不好，出國半個月，在東南亞許多國家走走，散散心，想重新開始新的人生，他說。

到底瞭不瞭解我們臭男人？他問。為什麼要徵婚？是知其不可而為之嗎？還是因為無聊，感到人生乏味，跟他一樣需要改變生活？

跟他通過話的隔天，我有事去台南，在新營一家小旅社夜宿，睡不著，午夜過後，有人用力敲了幾聲門後，將門推開，我躺在床上無辜地望著她，一個提一大串鑰匙的女人說：查房間的，免驚啦！她反手將門帶上，旅社外火車隆隆開過，我在想有人會到旅社來對我開槍射擊，我在想他問過我的話。

我突然害怕了，因為把自己暴露在所有徵婚人之前，讓我不自在，況且我漸漸無法分辨自己的參與，究竟是一種表演還是原我呈現？為什麼我又會心虛、怕遭人拆穿呢？拆穿什麼呢？

我打電話給第三十九個男人，在一個半夜。

我說我心緒不寧，覺得有人隨時會闖入我住的房子，無法入眠，問他怎麼辦？他想了一會才說，他可以來陪我談談，或者在客廳打地鋪，我鬆了一口氣，說好。但隨即我便打消這個念頭，覺得自己的行為很荒誕。當他來到我住處門口時，我在對講機裡告訴他自己不再害怕，他立刻說那麼他要回家，明早還得上班。

那是我們距離最近的一次。那件事之後他便不再與我聯絡，而我也努力克服自己內心的恐懼，也許，正如他說的，我怕的不是別人，而是自己。

第40個男人

基於優生的考慮，他想娶高一點的女孩，
這也是他母親的想法。

他屬雞，生命已有三次輪迴，在電器行上班，個性直爽，不喜歡嘮叨。

我真的不知道他是不是想結婚。他說以前與人同居，但受不了同居人嘮叨，認為她外表過於普通，身材過矮，他喜歡高䠷的女孩，因為自己的身高也不高。基於優生的考慮，他想娶高一點的女孩，這也是他老母的想法。

我真的不知道他是不是想結婚。在同居之前，他被一個女孩騙過錢，十六萬，對方在服裝專櫃賣男裝，有模特兒般的身段，對他謊稱父親中風，母親病逝，弟弟的女朋友為情自殺，必須賠十四萬，向他借了錢，其實把錢拿給另外一個男朋友花用。

他說，他拿她沒辦法，她會講話，善解人意，人見人愛，聽她說話就喜歡她三分，他是被釣的凱子，也認了，只是一直對她念念不忘，這讓他心煩。

屬雞的男人屢次提到那位高䠷的女孩，甚至對他和她的性生活繪聲繪影，使我感到困惑。我真的不知道他是不是想結婚，為什麼他要與我見面？又為什麼要把這些煩惱告訴我呢？

我坐在他面前，望著他揮舞的手，不大的手掌，生命的祕密在哪裡？他的手掌能掌握嗎？而我呢？當我閉上眼睛，一隻小鳥便從天空飛翔而過，我究竟又為了什麼要結婚呢？

這位比我矮小、屬雞的男人還在叨唠著。

第41個男人

關於幸福，我還能說什麼？

他說他代友徵婚，語調出乎尋常的客氣。

他的朋友，三十九年次，沒結過婚，一七六公分，學的專業是廣播，目前做成衣事業，是他的合夥人。

他說他的朋友是本省人，基督徒，是個好人，這也是他無法完成終身大事的因素，因為就是太善良了。以前失戀過，所以害怕嘗試認識別的對象，全心在信神。他之所以熱心替朋友應徵，因為他覺得每個人都有追求幸福的權利，他的朋友也不該例外。他們都是基督徒。

我什麼都沒說，關於幸福，我還能說什麼？

以馬內利。

第42個男人

她們像花朵般地打開身體，春去冬來，
然後就凋謝了。

他，建中畢業，在圍棋界頗負盛名。

「您貴姓？」這是他問我的第一句話。他說他急著結婚，但相親相了幾次都相不成。徵婚啟事是他的棋友發現的，沒有勇氣打，慫恿他來試一試，他說，說不定「有些奇奇怪怪的事情，會讓生活產生變化」。因為他的生活最近不安定、沒有目的、沒有責任、沒有人管，也沒有拒絕的藉口。為了應酬，常常出入風月場合，以至爛醉無歸，棋力大大衰退，目前在圍棋界排名四段，他一直希望能打敗棋王，所以需要結婚。

他認為婚姻和愛情是兩件事，因為真正的愛情是一種戰爭，最後總是有一方會失敗，就像下棋，沒錯，什麼事情都是一盤棋在走。他說，愛情，它也有如同對弈的格局與命運：

佈局	中盤	收尾
名牌打扮	寫信送花	一走了之
含蓄有禮	曖昧不明	對方一走了之
轟轟烈烈	障礙很多	一、難分難捨；二、你傷我亡
神祕兮兮	一退一進	一、關係明朗；二、互相撤退

雙子座的他很愛「談」感情。

高三時喜歡同街一名國三女孩，那女孩功課很差，他替她補習，女孩說都沒有男孩追她，於是他就說要請她看電影。那年年初二，她讀育達商職的姊姊和男生出去玩，女孩跑到他家找他看電影，他們在西門町找不到什麼片子可以看，就看了一部《我倆沒有明天》。

看完電影，女孩就不理他了。我倆真的沒有明天。

他說，女孩的媽媽不准他們來往，她也很聽話，而那時自己又沉迷於下棋，大學根本沒考上，反而她考上了松山商職夜間部。開學後，他去找她，每天晚上十時十五分在地下道出口等女學生路過，想問她：為什麼不理我？但卻不敢靠近，只好坐同一班車回家，就這樣，三年過了。

當完兵，約她出來喝咖啡，才發現她很迷人，尤其是講話的模樣，和那聲音。他問她為什麼一直不理他？她沒回答，只回眸一笑。

後來妹妹介紹他另外一個女生，那女生被人強暴過，寫信總是稱呼他大哥哥。有一次女孩對他說：大哥哥，可惜我沒有早一點認識你，才腳踏兩條船。

原來，女生有一個香港男朋友，是會計師，他們在兄弟飯店約會，女孩還請他帶她去赴約。他說應該是很愛她吧！後來她結婚了，這一切才算「打掛」。

他說他總是在下不是棋的棋。

去年在飛機上認識一名韓國女孩，回台灣後想盡辦法追她，還追到了韓國，沒地方住，在小鎮的旅館留了好幾天。女孩是漢學老師，怕學生看到，不准他到學校去，每天下課後準時五點鐘打電話到旅館，一起去吃晚飯，吃完晚飯喝過咖啡，十點鐘便準時回家。他要回台灣的前一天，託人送三樣東西給他，一是領帶，二是襪子，三是一大箱蘋果。他說他不明白為什麼送蘋果？一個人在旅館寫詩給她：明月裝飾我的窗子，妳裝飾我的夢。還有打油詩：打起鬧鐘兒，莫叫響叮噹，響起驚吾夢，不得到奴旁。

回來以後，他每天打長途電話，女孩嫌他話多，就吹了。他說她是保守、有味道的女人，其實也不知道為什麼就吹了。

這一年來，他酗酒的時候居多，研究棋譜不如以前用心。因為未婚，有人以為他是同性戀。父親是教師，對他的婚事比他更急，替他介紹很多自己教過的未婚女學生，但他多半看一眼就不喜歡。這種事他是直覺主義，還是像下棋，像有時候要決定的一個關鍵棋。

前幾天，父親又替他相親，這次是一位女老師，他們約在二二八公園門口見面，女老師有點緊張地問：二二八公園門口那麼大，怎麼找到你？他認為她一定不是一個大方的女孩。果然，他對她的印象像一面玻璃擋住她。他們去吃飯、看電影，但什麼事也不曾發生，一個人坐車回家時，他擔心的是如何才不傷害到她。

台北有多少個這種女孩啊？我想。從來沒有人真正地愛過她們，她們像花朵般地打開身體，春去冬來，然後就凋謝了，沒有人再注意過她們。我想到里爾克的詩。

我們認識後，他好幾次半夜從酒廊打電話給我，跟我聊天，他說他不會約我，怕我不適應那裡的氣氛，而我卻鼓勵他找我去。也許，我所好奇的並不是酒廊，而是能不能替他找出一個拒絕酗酒的藉口？我不相信要當棋王，就一定得結婚。他答應會邀請我，但始終沒有成行。

我知道他開設一家棋室，有一晚，我故意趁他出外喝酒時路過他的棋室，一個禿頭的中年男子以為我要學棋，招待我坐下來喝茶，他先忙著替幾位小學生上棋藝課。我坐在和式房間的疊席上，牆上一幅黑貓與白貓對峙的圖畫，我想他或許在這裡讀《老子》或《孫子》。不爭謂之爭，他說過，他遲早要當棋王。我也記得他說下棋時，可以心念將自己放大，把敵手想小，也可以在兩人之上看到自己和別人下棋，多麼高的境界！但生活可不可以這樣呢？我坐在他每天坐的棋室裡，好一會，才離開。

我沒有跟他結婚，我沒有跟任何人結婚。

後記

我想了解男人

我住的公寓不遠處也有一座公寓，頂樓的陽台上搭蓋葡萄藤架，並且養了許多茂盛的花木。黃昏後，一盞在公園才看得到的路燈就會亮起，每個晚上，我幾乎都會望著那盞燈。

那些年我想過要結婚，想結束一個人的生活，想重新出發。我在記事本上為自己歸納一些可能結婚的行事方法，包括訂定目標與對象，並且問了自己許多問題。

我並未因此找到結婚的對象。

之後，很多事情便不重要了，我也不再去想結婚。我像很多人一樣，有時也寂寞、孤獨，而且愈來愈難結婚了。

那一年冬天，我在思索創作的問題，新的形式和觀念對我來說成為一種迫切，我想在劇場與文字間找出一種可行的創作方式。我又回到了古老的題目：結婚。

很久以來，我一直對報紙上的啟事欄感到興趣，我花很多時間閱讀這一類的啟事，為了好玩、好奇的心理，帶著那麼一點自修的社會學眼光。

我在想如果我刊登啟事，也許也有人跟我一樣會閱讀，而他們將是什麼人呢？他們在哪裡？我的好奇及好玩的心將我推往下一步。

一個朋友的朋友，德國女人，跟我一樣喜歡閱讀小啟事欄，有一天，她在德文報紙上發現了一則很有趣的徵婚啟事，她寫了一封開玩笑的信去應徵，結果，出乎意料，對方是一個非常理想的結婚對象，他們交往一段時日，便決定步入禮堂。

不過，更出乎意料的是，那位理想的結婚對象在結婚前夕，發生車禍，不幸身亡了。

我知道，這個故事太像電影情節，然而它是真的。

我的徵婚啟事的刊登，提供了另外一種生活的可能，也讓我認識一些我平常永遠不可能結識的人。他們跟我一樣生活在這個城市裡，也想結婚。

這個城市，台北，有許多寂寞的人，男人，我至少接觸了一〇七位，而我記錄了其中的四十二位，我想了解男人，男人的寂寞。

最後想說的是：我與這些徵婚人之間的來往是平等的。在整個交往過程中，我從未虛偽地利用任何人的感情，而其實我最在意的仍然是自己真實的反應。

我的徵婚動機一如我的創作動機，它們是一體的二面。也許我是個平凡的女人，雖然我的確知道，作為一名女性，實踐自我遠比婚姻生活重要，但我曾經那麼想結婚。

每個晚上，我都會站在窗前眺望那盞燈，對面公寓陽台上的那盞燈，我總是注視許久，許久，沒有什麼特別的原因。

我想，以後不會再徵婚了。

附錄

/

愛情與婚姻

聽別人的故事，多好玩

陳玉慧 vs 馬家輝

陳玉慧（以下簡稱陳）：

這本書其實是當年五個創作構想之一。但做完這本之後我卻放棄了。

馬家輝（以下簡稱馬）：

不如我們就從這本書的緣起、當初你的那五個想法開始吧。

陳：讓我想一想。第一個就是「徵婚」，第二個是「和陌生人去買床」，第三個困難度很大，「流浪街頭一百天」，不回家。第四個是環遊世界，找一百位各地算命仙幫我算命……第五個我現在忘了，都是行為藝術之類的嘗試。

馬：為什麼後來只做了一個？

陳：我做完「徵婚啟事」之後引起爭議，在台灣的媒體上連載，收到很多讀者反應。但是也有兩名作家大力地撻伐，說難道作家沒有想像力了，才要這樣來寫書？我當時有點被嚇到。所以就把另外四個構想丟掉，去做我的本行戲劇了。

馬：我聽到這個滿驚訝的。我是一九八九年七月離開台灣去美國，算是經歷過一九八〇年代的台灣，那是一個從「戒嚴」到「解嚴」的年代。你一定記得當時最流行的廣告是司迪麥口香糖廣告：只要我喜歡，有什麼不可以？所以，一個這樣的寫作藝術的概念表達在文字上面，在那時的台灣，還會受到來自作家的這種攻擊，讓人意外。

陳：我想我是走得快了一點。如果以今天社會的生活面貌，還真的是難以想像。在我看來，創作者是要想像力，沒錯，但是創意不僅是故事情節的想像，創意也可以是形式的創新。內容上可以有想像力，形式上也可以有想像力。

馬：這五個想法的來源是什麼？

陳：我在巴黎是學戲劇的，對波爾的「無形劇場」非常著迷。實際上，我常常在生活裡頭看到很多劇場的東西。

馬：為什麼這個「無形劇場」會應用在「徵婚啟事」上面來呢？是不是那時候有什麼特別的狀況，讓你想對當時的台灣，特別是男人——因為「徵婚」是針對男人的，雖然你也提到有一個女人跑來了，是不是對當時台灣的愛情婚姻故事感興趣？

陳：當時想得沒那麼清楚。當時，只是因為很想結婚，所以在創作時有關婚姻的主題便會跳出來，我想這不但是我，也是大家都感興趣的題材。《徵婚啟事》要談愛情、婚姻。寫完以後才發現，其實當時來徵婚的人並不是主流的人物，主流的人物比較不會來徵婚。但這些因素都非我自己一人能掌握，所以書的內容也非我所能主導，我因此覺得這種創作形式非常有趣。

馬：我不曉得主流的人物會不會徵婚。徵婚的人裡面當然有些非主流的，像這本書裡寫到，有自己說被包養的，也有主流的，像書裡寫到的中年的、前中年的，三十、四十、五十歲的都有，有老婆走掉的，也有老婆死掉的。這些人在社會上，特別是在過去二十年的台灣，我覺得滿主流的。台灣的離婚率，據我的記憶，排在世界上最高的前幾名，離婚率很高，這些人其實滿主流的，有了這樣一個報紙上的「徵婚啟事」，在那個年代，就把他們召喚出來，呈現在你眼前。

陳：就我的了解，台灣的主流是「相親」，不是「徵婚」。所謂的主流就是一般的、中上的人家出身的人，他們不會去徵婚的，挺多是介紹相親。到了今天，相親仍然是一個很主流的婚姻的聯繫方式。而「徵婚」這種形式，即便是二十年前，要通過報紙的「徵婚欄」，藉由一則躲在一大堆千奇百怪的小啟事中的「徵婚啟事」，找到對象，其實並沒有很多人相信這件事。

馬：所以你說去找伴侶的這個形式是非主流的。讓我再看一下這個啟事：「生無悔，死無懼，不需經濟基礎，對離異無挫折感，願先友後婚，非介紹所，無誠勿試……」滿好玩的。我平常看雜誌報紙，滿愛看分類廣告，有徵婚或者徵友的，對東方人來說滿嚇人的，六十歲、七十歲，寫得很詳細，聲明「我不是要一個婚姻」，要求對方一定要知道誰誰誰，懂得讀誰誰誰，然後相約去美術館之類的，我還覺得滿溫馨的，有這樣一個平臺。

陳：英國作家毛姆也登過一個「徵婚啟事」，要求來應徵的對象能夠喜歡毛姆的書。他也沒說自己就是毛姆，結果來了一堆。這反倒像書的促銷手法了。

馬：我很好奇你這本書裡的應徵者，他們後來有沒有看到之後承認，對於被寫在書裡這件事？

陳：有一個，就是那個棋士，他算是棋界名流。後來有記者問他，是不是你？他很「光榮」地承認了。

馬：哈哈，真的？可是記者後來也沒有踢爆？

陳：沒有。我想那個時候，大家對別人隱私即便有興趣，但也不敢明說，不像今天，狗仔做新聞已完全沒有尺度。

馬：另外一個讓我好奇的是，這本書現在重新出版之後，讀者會是什麼反應？我自己讀的時候覺得很過癮，裡面的很多故事，跟現在的網際網路、臉書上發生的故事滿像的。當時根本沒有這些平臺，想要去了解別人的故事，或者想要向別人呈現自己的故事，真的非常困難，「徵婚」可能是一個滿好玩的平臺。從這個角度來看，談戀愛也是一個分享，大家來分享故事的過程，甚至可以說是大家來創作故事的過程。男生追女生也好，女生追男生也好，互相追也好，其實最好、最感興趣、最亢奮的片段就是前面互相來探索：你有什麼故事，我有什麼故事。這些故事也不一定是真的，都是我希望給你聽到的故事，就像克里斯托弗・諾蘭的《盜夢空間》（台灣譯為《全面啟動》），英文叫Inception，談戀愛最過癮的就是分享故事，可以自己去演一個戲劇。看這本書我覺得很過癮，我可以想像那些男人很渴望在你面前呈現他們的「不曉得有多少成分是真實」的故事，並且最後努力讓你相信，在你面前演。當然你也在他們面前演。這也就是我們稱為「無形劇場」的地方。

陳：對，有兩個層次的「無形劇場」，不止兩層，你知道或不知道自己在一齣戲中？你知道自己在一齣戲中，但你可以演出或不演出。

馬：對呀，也包括我剛才提到的事後要不要跟進……

陳：對，要不要承認，那也是一個層次。

馬：我剛才說「徵婚」是一個平臺，跟我們在網際網路、臉書上進行的溝通，完全一模一樣。那個夢，你可以稱為夢也好，興趣也好，我是稱為夢，就像《盜夢空間》裡面大家一起來做一個夢，我看到你的，你看到我的，雖然不是結婚，而是夢的分享。非常像。我很好奇現在的九〇後、八〇後的小孩看這本書會不會有什麼共通感。

陳：徵婚的時候要面對面，所以，有沒有體味？是不是無臭？都是問題。而且，這本書裡面有一個男人，見面後，我最後已經要走了，但他還露出一種「我已經被社會遺棄，你還要遺棄我」的神情，說他自己是一個可憐的人，要打電話找人出來喝酒，還被別人的妻子罵。那時，我就會覺得我已經在他的生活裡頭了，好像有一點對不起他。這已經跟臉書上的與人交流不一樣了，我會需要很多白色謊言。譬如有一個人堅持要繼續交談，我就跟他說我要去教堂，其實根本不是。

馬：但是我覺得在「分享故事」，上面的確是高度地相似，別忘記，在臉書上面可以傳送視頻，還可以傳送以前的，三歲的照片、五歲的照片，甚至可以把整個的家庭帶來，呈現在你眼前。而且不要忘記，我知道有所謂臉書的傷害，傷害什麼呢？當我和你是朋友的時候，突然把你踢掉了。那是對你很大的傷害吧？那種感覺其實跟你剛才說的，「我已經在他生活裡了」，真的，程度只有「有過之之無不及」。當我把你踢走的時候，你真的受傷害到不得了。我想說的是，徵婚，甚至談戀愛，有一點，我不斷地想強調，就是故事的分享、探索和呈現。我把故事呈現出來，我想探索你的故事。俗話來說，就是新鮮感，男女朋友一開始一定是過癮的，可以聊五個鐘頭，可以聊五天，從你祖宗十八代、從你受到什麼傷害……

陳：羅蘭．巴特在《戀人絮語》一書中已經告訴我們了，哈哈。

馬：對呀，在電子網路出現以前，徵婚是一個非常有效、非常方便、可以跟人家渲染故事的方式。我不知道一個像你這樣的女生有什麼方法可以在三個月裡聽到那麼多的故事。現在這種方便在網路時代被取代了，但是背後的那個感覺，來分享故事，來演戲，來應徵……這個設計，這個快感，都是共通的。以前是徵婚，現在時網際網路、臉書的平臺，這個平臺上造成的「衝擊感」不會比面對面來得輕。而且這個平臺上的人也會出來，你不是四十二個人出來嗎？臉書上也是一樣，有一部分也是會出來。

陳：我不知道跟你說的有沒有關係，我最近看到一個新聞，有人做過統計，說臉書、微博的人出來見面之後很容易上床。

馬：那沒衝突啊，當你愛了之後，第一次也可能會上床啊。而且經常也不是第一次聊完、變成朋友之後就立刻出來。前面我說的「衝擊感」馬上傳照片給你，傳視頻給你，那個可能是假的，造成的效果可能比面對面更強，所以在出來之前已經有了心理和生理上的準備，當然不會挑自己月經來潮的那天出去，可能會挑安全期出去。我想強調的是，現代的網路平臺更方便，更有衝擊感，可是背後所追求的、所設計的、所渴望的，我感覺是大同小異，都是想把故事呈現出來。臉書上當然也可以做很多其他的事情，但是它最大的部分還是「交往」。

陳：其實「徵婚」有很多見面的限制，我大部分都選在咖啡館、飯店一些人很多的地方。但也有人堅持在公園裡，晚上十點見，我就不敢去。

馬：而且我覺得你滿有耐性的。比如有一個人，他第一次沒有出現，可是你……

陳：對呀，第二次我還去，哈。

馬：對呀，為什麼還去？

陳：我很想知道他為什麼沒來。

馬：是嗎？

陳：我的好奇心真的很重，我真的想知道理由。後來他說他是遲到了。

馬：所以我們一直在說這其中有多少真實。另外一個讓我覺得好玩的是你的反應，當然我也有感到生氣的地方，比如第三十九個男人，為什麼半夜叫人家過來啊？

陳：哈哈。

馬：半夜感到心緒不寧，感到有人闖進我房子，怎麼辦？你過來，好。然後人家來了之後站在門外，你又對人家說，我已經不怕了，你走吧。

我看到這裡好生氣啊。真的，我就想提問：誰給你這個權力把男人這樣耍法？假如倒過來呢？假如一個男人把女人叫過來到門口，會被人家怎樣？

陳：會被丟石頭砸死……

馬：不管對男性朋友還是異性朋友。

陳：我不覺得我在玩弄他。我那時候一個人獨居，那天突然很害怕。因為我跟他是朋友關係，我也很喜歡他，也在考慮要不要來往。

馬：但是從一開始……

陳：我真的沒有玩弄他的意思。

馬：哈哈，所以說在「徵婚」的過程中你也不排除，比如說一個阿拉伯酋長，哈哈，不排除嘛，不排除開花結果的可能性。不過整個創作的動機……

陳：不是那麼清楚。誰知道呢？我當時有一位德國女朋友也在「徵婚」，被人嘲笑，結果卻找到了一個滿意的結婚對象。我覺得不可思議，我聽她講他們的故事，也未免太有趣了。

馬：我很期待有一個相反的男的徵婚，能夠見到一百個女的，這樣地寫出來。為什麼沒有？我隱約感到是因為很多男人已經這樣做了，他不一定徵婚。追女生最大的快樂，還是我一直強調的，把自己的故事呈現出來，然後去探索別人願意呈獻給你的故事，就是最大的快感。如果有這樣一個男性的版本的話……你覺得這本書在中國大陸出來之後，以他們目前的兩性的狀況，會有什麼反應？

陳：我不知道。但你剛才說的讓我想到，其實很多人在生活裡多多少少都有徵婚意思。只不過，我那時有一個「徵婚啟事」登在那裡。臉書的創始人把每個用戶的感情狀況標出來，單身或已婚，甚至跟誰在交往中，這是臉書成功的一個關鍵。其實每個人都在徵婚，臉書上也是一個徵婚，只要顯示為「單身」，就是在徵婚了。你知道，在古老原始部落裡，結婚的男女和沒有結婚的男女穿的服飾和髮梳是不一樣的，那也算徵婚的遊戲規則了。

馬：從「分享故事」的角度來看，我同意，一直以來都是在徵婚。但是登「徵婚啟事」畢竟不一樣，有清晰的目標，就是結婚，在整個婚姻的制度上進行。否則的話你可以徵友啊，為了樂趣，為了性，這種廣告在美國很多啊，享樂時光。不管是徵友還是徵性，最動人的，還是我反覆強調的，故事的分享，故事的重現。想聆聽別人的故事，當然跟人與人之間的隔閡感有關，想打破它，這是佛洛伊德感興趣的另外一個話題。話說回來，臉書上最有力量的不一定是已婚未婚的標記，而是每個人的那種「你在期待什麼？」「你在夢想什麼？」的那種狀態。

有人期待婚姻，有人期待發生關係，有人期待男人。最有力量的在這裡。這裡才值得我們問下去：為什麼？說到這裡就到了論述。經常有人說「婚姻是愛情的墳墓」，這句話先不講我們個人的體會。這句話能夠成立，我想有一個理由是，婚姻制度把大家說故事的機會大大限制了，也把大家說故事的能力砍掉了，然後又把大家說故事的成本大大提高了。這就是婚姻可怕的地方。婚姻把浪漫不管你叫它什麼，愛情也好，浪漫也好，讓它死掉，變成它的墳墓。不讓你說故事。當你不再說故事，變成共同生活的時候，就沒有故事了，或者變成只能是你跟我的故事，對嗎？

陳：我們的故事。

馬：一有「我們」的話，就沒有「我」啦！我經常跟我老婆說，真好玩啊，我們從小什麼都學，天文也學，歷史地理也學，可是，至少在我的成長中，從來沒有人教我們理財，現在有了，還有，從來沒有人教我們為什麼要維持婚姻，現在稍微有人講了，也是避重就輕。我有時對我老婆半開玩笑地說，假如在我年輕的時候，有人告訴我說：「馬家輝啊，你要結婚啊？我先告訴你婚姻是什麼。婚姻就是你從此不可以再單獨跟異性燭光晚餐，從此不可以單獨跟異性看電影，當然，從此你的生殖器官就要被一個女人占有。」假如有人這樣告訴我或者其他男生，我們真的要再想一下，就不想結婚了。

陳：有人說過吧，是你們不想聽吧。

馬：沒有哦。只有被美化的那一面。

陳：對哦，你要承擔責任。

馬：責任……

陳：嗯，連要承擔責任這件事也被美化了。

馬：對哦。

陳：你講到這裡，我忽然想到，我們從小到大，沒有被教過怎樣講故事。我發現，徵婚的時候也好，現在也好，如果有人很會講自己的故事，他／她就很容易結婚，很容易有朋友。如果一個人很木訥，不會講，或者不該講的都講出來，講的都是別人不要聽的，就沒有人會選他／她。容易結婚的對象全在於他／她怎麼去講自己的故事。現在有人出書在教人講故事了：你千萬不要告訴男人你和多少人上床……這就證明，講故事的能力很重要，規矩也很重要。

馬：當然。會說故事當然很不一樣。可是徵婚這個事情，會講故事所占的比重到底有多高，我很懷疑。「繼續講下去」和「最後會結婚」，是兩回事。結婚是另外一個很制度化的事情。一個人如果在婚姻上面是個失敗者，不一定是因為不會講故事。而且從你書中的個案來看，從你的徵婚者們來看，很多都是結過婚的。婚姻是另外一個東西，單純的結婚是有一把尺的，即使這個人不會講故事，但是其他方面達到了標準，反而會讓人覺得可靠，而不是口甜舌滑。婚姻是另外一個東西，它通過不同的方法來殺死愛情，令愛情扭曲了，變質了。可是，當然，每次我說這樣的話，一定會有人說我反婚姻。不是，不要曲解我。婚姻有它的好處，是不可取代的，有安全感的部分，溫暖的部分，你要懂得技術，知道操作的藝術，再加上運氣，你可能會有一個不錯的、很享受的婚姻。但婚姻畢竟是特殊的。我還是想說，通過殺死說故事、分享故事的機會來殺死愛情，我覺得這是最悲哀的部分。這個那個都被禁止的時候，我就沒有更多的故事來跟你分享，也就沒有「我的故事」了。這是可悲的。

陳：很多人都不知道什麼是婚姻。婚姻真的是愛情的墳墓，沒結婚的人根本不知道婚姻是什麼？

馬：我真的很想寫一本書，書的開頭是這樣的：「女人都問錯問題了。」這麼多年來很多女人都哭訴：「為什麼會這樣？為什麼會這樣？我跟他的愛情這麼深，怎麼婚姻會這樣？」她們都問「為什麼會這樣」。她們問錯問題了，怎麼可能不這樣呢？就好像騎腳踏車，人跟人的關係，特別是愛情這樣的關係，跌倒是天經地義的。不要以為我們天生會騎腳踏車，裡面很複雜，我們掌握了步驟才使它平衡的。假如你一開始就問「我如何才能不令這個關係變成那樣」，你就會去找尋方法。

陳：我覺得婚姻需要好多好多的學問、智慧去支撐。

馬：學問、智慧、運氣、對手，還有一樣：代價。你要不要付出這種代價？當你問到代價的時候，背後就有一個計算了，我們可能不承認的計算。婚姻是兩個人的事，每個人對代價付出能力是不一樣的，有些代價不是你想付就能付的，付不起怎麼辦？

陳：而且我覺得也不是你付出這麼多代價就一定會成功。代價加上運氣，整個是一體的，這五個東西是一體的。代價沒辦法計算。所有的東西在一起才好，才有可能。

馬：不講論述的話，我生命中感到婚姻作為一種制度死亡，就是戴安娜王妃和她的老公，兩人各自偷吃，互相攻擊。世界上不管王室還是老百姓，都是要做出選擇，都要踏入這個制度，連他們都沒有辦法讓這個遊戲玩得活潑、體面、精彩，都只能弄成這樣。

陳：但是說到代價，男人和女人為婚姻付出的代價是不同的。

馬：好，這又回到論述。我相信世界上每一個國家都有一群女性，她們有才華、有學問、有獨立的思想，即是所謂的文化資產。我相信結婚不是一定要在家裡做家事，但是這個婚姻還是沒有辦法很快樂地維持，因為還是在這個制度裡面。我覺得還是前面說的，向別人傾訴故事、聆聽別人故事的欲望沒辦法分享，被局限。假如我們可以把這個制度調整，調整成說故事的能力、說故事的機會可以源源不斷地產生出來，甚至把這個東西帶進婚姻。

陳：是不是有一種可能，結婚但不要住在一起。我以前就曾經希望我的丈夫是我的鄰居，就住在樓下，我們不一定要天天見面。

馬：假如你的平衡能力很好……我的意思是除了傳統的，一定還有其他很普遍性的東西。接下來我要說的可能大陸讀者會有興趣。我先引用馬克思，第一個：生產力是往上走的，科技是一直進步的。第二個：生產力的進步是不可被壓制的，每一個年代的生產形態、生產關係、生產模式，都是符合當時的生產力而存在的。第三個，最精彩的：當生產力繼續走到另一個階段的時候，舊有的生產關係綁住它的時候，就會有革命，革命之後，我們就會有全新的生產形態、生產關係和生產模式。講完了。我的論述就是，把這個套在男女關係、異性關係上來說，一模一樣。分享故事、聆聽故事這個東西一定往上走，沒有東西可以壓制它，走的過程裡面就有更多的機會，三步不出閨門都可以，性跟愛的生產能力到了一個新的境界的時候，這種一夫一妻的關係就成了舊年代的東西，完全限制或者說應付不了，那就會有完全的革命。現在大的革命還沒出來，大家只好當偽君子，或者忍受，又或者從這個裡面逃脫，大家有不同的處理方法。舊有的婚姻關係到了糟糕的地步的時候，大家就不再願意進去。婚姻有其溫暖的部分、自在的部分，可是因為我們不敢改變，而舊有的婚姻制度又死板，所以只好從裡面逃脫出來，其實也是悲劇。所以我們是在大的革命的前夕，希望下一代會比較好。

陳：那麼，你是覺得一夫一妻制度是不好的嗎，像法國總統沙克吉夫人認為的那樣？

馬：我認為，這種一夫一妻制度是有問題的。很難講對跟錯，我只能描述它出了什麼問題。就是我前面說的，把人們聽故事、說故事的機會給限制掉了。如果你承受得了，好，就這樣吧；或者是像我的很多朋友，不管男的女的，他們很幸運，找到一個配偶，「沒關係啊，不會限制你。」

陳：這也是一種虛偽哦。

馬：怎麼會是虛偽呢？

陳：夫妻還是夫妻，但是兩個人都在外頭玩。

馬：那怎麼會是虛偽呢？他們給婚姻制度注入不一樣的酒。

陳：我覺得有兩種。一種是兩個都不說，一種是兩個都說。

馬：我反而感興趣為什麼要人家做這種事？選擇說，還是選擇不說。第一個：選擇說或者不說，都有壓力，都要付出代價。坦白說，我們現有的這種婚姻制度是基督教延伸下來的婚姻制度。一夫一妻是誰呀？亞當夏娃。接下來呢？再配合地說，社會主義的發展，資本主義的發展，核心家庭的穩定，再生產人力，勞工的再生產，配合這些而來的。假如整個社會的生產形態和整個的經濟體系都改變了，也強調多元化了，真的會有大的革命來臨。要等待大家跳出來，等待陳玉慧跳出來。

陳：不是我，哈哈。

（本文為二〇一一年二月一日與作家馬家輝於香港世紀海景酒店對談紀錄）

陳玉慧 VS 梁文道

大家還是很寂寞，很邊緣

梁文道（以下簡稱梁）：重看這本書，我覺得很有趣。

陳玉慧（以下簡稱陳）：謝謝。

梁：對，因為……怎麼講呢，我突然想到，「徵婚」已經是一個快要死掉的東西。

陳：是啊，你看現在，臉書等等，這麼多。

梁：對啊，現在還有誰需要「徵婚」呢？對不對？我忽然想到這個問題。這彷彿是在看二十年前那個已經過去的時代裡一種很特殊的社交形式。我想，某種意義上，現在很多網上的交友難道不都是一種「徵婚」或者「徵友」的做法嗎？當然，我們仍然可以看到一些比較傳統的、有趣的「徵婚」或者「徵友」，比如說，我很喜歡看《倫敦書評》（London Review of Books），它每一期的分類廣告上面都有很多「徵友」的文章，就是那種很小的分類廣告，我覺得他們寫得很風趣，甚至讓人覺得，寫的人可能不是認真的，而是在秀文采，寫一些東西逗大家一樂。後來《倫敦書評》還把這些「徵友」、「徵伴侶」的廣告單獨拿出來，變成一本書，那本書裡全部都是那些好玩的、風趣的、寫文章高手寫的那種「徵友」、「徵婚」的廣告。所以，雖然我們有時候也還能看到這種「徵婚」、「徵友」的形式，可是，更多時候，比如在看這本《徵婚啟事》的時候，我就覺得：「哎呀，真的是好久遠的事情！」比如說，書裡面很多細節都是你約了一個男人在等，可是，他等不等得到你？你等不等得他？某某人遲到了，某某人沒來……很多問題，這就讓我想到小時候筆友要見面的情形，到底見不見呢？到時候他／她不來怎麼辦？我覺得在如今這個手機的時代，好像這些都完全不是問題。我的意思是，「徵婚」的這種狀態已經是過去的狀態了！但是我這樣說並不是這本書已經過時，而是恰恰相反，因為這本書，我反而能夠看到，才不過二十年——二十年可以說很久，但也不是太久，只不過二十年而已——原來二十年前我們有這樣一種生活方式，有這樣一種社交方式，以及在這樣的方式裡折射出來的一些很特別的狀態。

陳：我很好奇，在中國大陸有沒有過「徵婚」這種形式？你知道嗎？

梁：我覺得應該是有的。八十年代、九十年代的時候都還有，其實到今天也還有。你知道，大陸的電視徵婚節目在過去一、兩年非常火，這是很奇怪的，今天還有誰有必要到電視上面去徵婚呢？我一直都很好奇，去電視上徵婚的到底都是些什麼樣的人呢？明明看起來應該很尷尬的事情，為什麼想到去電視上徵婚呢？當然以前也有這種節目，我好奇、驚訝的是，到了今天仍然有，而且還變成那麼紅的電視節目。

在你這本書裡，我也有一個好奇，當時你剛剛回到台灣做劇場創作，想做這樣一個社會實驗，在這個社會實驗的過程裡會看到各種不同的人，這也是你想要做這件事的原因，你想去看一看，去了解，這個社會上有哪些不同的人，甚至是邊緣人。但是我想，用這樣的方式去認識一些人，首先要有一個先天的環境或者視界（horizon），因為你認識這些人，是在彼此「徵婚」的條件下認識的，而在「徵婚」狀態下，人的狀態本來就比較尷尬，在書裡也能感到，大家似乎都覺得「徵婚」這件事是有點尷尬的、不是一個很能拿出手跟人家大聲討論的事，更不太會跟人說：「噢，我要去徵婚嘍！」並不是說很丟人，而是，不知道為什麼，大家都覺得這個事情有點難以啟齒。你覺得是這樣嗎？

陳：多多少少有一點，有點靦腆吧。我想這種感覺應該跟相親差不多吧。

梁：好玩的是，我看你這本書裡面那些男人的狀態，我完全能夠想像那些男人的狀態，然而我沒有足夠的經驗，但我完全能想像得到，如果我去徵婚，我會怎麼樣。這裡面有很多男人，每個男人都是不一樣的，但是有好幾個男人，他們的那種靦腆，那種尷尬，都是我完全能夠想像的：「對，我們就應該是這種反應。」

陳：不過也有些人完全不尷尬，比如有一個人在電話中問：「女方幾歲？」我說「女方三十歲。」他立刻掛電話。

梁：對對對，還有一個說什麼……他的性技巧很好。哈哈。

陳：哈哈。對，所以我也說過，這有一點像社會學。其實我對形式很著迷，一直想著在這個形式裡怎麼創作。

梁：是。所以這整個的，就是一個人的狀態（situation），「徵婚」本身就是一個人的處境，而在這樣的處境下，你們的反應、你們的交流、你們的互動……你當時有沒有覺得這些其實已經被「徵婚」這個狀態決定了，至少是部分地被決定了。

陳：我覺得東方人對「單身」這件事的看法比較負面。假如一個人要去徵婚找對象，基本上人們的看法會比較負面。就像這本書裡有一個人，他來徵婚，就問我：「你平常都做什麼？」我說有時候會去看電影。他就說：「你平常都是一個人去看電影嗎？」我說對呀。然後他就說：「你這樣好像被社會遺棄一樣，你不覺得自己很可憐嗎？」所以我就意識到，在東方社會裡，不管是台灣，還是大陸、香港，我想大概都差不多，當一個人到了適婚年紀還是單身的話，就會被視為「可憐的」，因為我們華人好像不太了解有時候一個人應該要「獨處」，或者「孤獨」，類似這樣的題目，他們比較不太容易接受這種東西，只要你是單身的，好像就都是負面的。因為如此，所以在徵婚的時候，人家會覺得你有點可憐，尤其我又是女的。從他們的反應裡面，我會得到這種感覺。

梁：那麼，你覺得「單身很可憐」的這種狀態，是不是到今天還是如此呢？我覺得可能是。

陳：對。我也在西方生活過，可以說大半生都待在西方。西方社會對「單身」這件事沒有這麼負面，一個人單身也能被接受，至少負面的程度沒有東方那麼強烈。

梁：沒錯。比如說去年在中國有一個詞很流行，叫「剩女」，剩下來的女人。這個說法好可怕，對不對？你要知道，這背後的意思很奇怪。因為按照人口來計算，今天中國的男女是失調的，光棍遠比單身女性多。在這種情況下，我們應該討論的是光棍，也就是「剩男」的現象才對，可是整個中國社會的主流，電視、雜誌、報紙、網路……大家談論的都是「剩女」。為什麼大家會關心剩女呢？我想說，這反過來表示，今天中國的社會現實是，很多女性已經有相當的經濟能力或者要求，使她們能夠接受比如年齡過了三十還不結婚這樣的狀況。但是，整個社會沒有跟上這樣的社會現實，人們還是保守的，所以才會這麼不合理、不合乎實地去談論「剩女」。

陳：我前一陣子注意到日本有一個新聞，那個新聞又讓我有點受到刺激，日本的「銀髮族」，就是指女性到了一定年紀，就離婚了，自己過自己的生活，因為她一輩子服侍男性，覺得這樣下去沒有辦法自由地生活。所以，從好的一面來說，這也是一種「剩女」。

梁：對。我本身是廣東人，廣東有一個地方叫順德，順德有一種「自梳女」，為什麼叫自梳女？就是自己給自己梳頭。一般是在女兒出嫁的前一天，由家裡面的女性長輩來給這個女兒梳頭，表示她要嫁人了。但是在順德，自梳女的這種做法表示，她們下決心不嫁人，而家裡也默許這種習俗。這些女人可能打工，給人家做幫傭，也就是「媽姐」，等到她們年紀大了，就成群結隊地買房子住在一起，這種房子叫「姑婆屋」。

陳：是「蕾絲邊」（Lesbian）嗎？

梁：這就是最有趣的地方了。也不能說她們是「蕾絲邊」，很難說，也許是，也許不是，也許介於兩者之間。中國以前沒有很明確地命名「基」（gay）和「蕾絲邊」（Lesbian），我們不知道她們是不是，但是很獨特，而且整個廣東社會都允許這種狀態存在。也不見得特別貶視，就是有這麼一群人，怪怪的，也不結婚，住在一起，互相扶持，甚至義結金蘭，死了之後葬在一起。她們脫離了主流社會，但是主流社會又認為，這也是一種生活方式。

陳：我跟你說，那時候我徵完婚就想當「自梳女」，不想結婚了，結果突然就認識了我先生，就結婚了。所以呢，可能有「剩女」精神也不錯，可能就會比較容易結婚。

梁：可是，你在徵婚的時候見了一百多個男人之後不想結婚，是不是那個過程讓你很麻木，或者很失望？

陳：就是覺得不可能。每個人都那麼不一樣，你怎麼可能在人群中隨便找到一個？機率實在太小了。而且我意識到自己的獨特性太強了，太跟人家不一樣了。

梁：說到這裡我就想說你這本書。我以前也看過，現在又重讀。我覺得你的語調很冷漠。

陳：你覺得我寫作的語調很冷漠？

梁：有一種「你彷彿在那裡面但是又不在那裡面」的感覺。我不知道是不是一開始你的目的就很特別：一方面，你可能真的在徵婚；另一方面，你很清楚這是創作的一部分。好像有一個旁觀的角度，把自己一分為二，在看著這個過程，那個感覺就很冷漠，感覺冷冷的，好像一個人在旁觀：「啊，你看這個男人怎麼樣？」哪怕在談論你自己的時候，我都覺得是很有距離的。

陳：我基本上是有這種態度。

梁：你知道這種語調是很特別的，在你以後的作品裡面都沒有。

陳：這對我本身來說也是很獨特的。我有點把這整件事看成是波爾「無形劇場」，這是一齣戲，大家都在看這齣戲。會有這種感覺，對吧？

梁：所以你在那時候，身體裡會有一個角色跑出來吧？

陳：對，我是演我自己。但是又有點靦腆：自己穿得很奇怪，又站在路邊等人，很尷尬，心想萬一被家人看到怎麼辦⋯⋯

梁：哈哈！很難去解釋，對不對？

陳：對。我很忠實地記錄下來，也記錄我自己，並不是只有記錄別人。

梁：我記得波爾曾經形容，所有的觀眾也都是演員。這能不能用來形容你當時的狀態呢？

陳：基本上任何發生的當場都是戲劇的表演。我記得很多的時刻，比如說有一位男士很堅持要在旅館的角落和我聊天，而且堅持就是「那個」角落。我當時就覺得：「啊，現在要演什麼戲了？」好有趣，好有趣，就跟著他去了，原來是旅館頂樓的一個小休息室，裡面有人。然後他就問我跟他在一起要多少錢？也許他覺得這是一個色情廣告。他不太相信這是真的在徵婚。我說：「是真的啊！」他就想了想，說：「是嗎？」

梁：我想到這本書裡面好幾個男人都提到類似的問題。你們見面的時候，很多時候不是在談論對方，或者向對方談論自己，而是先談論「徵婚」本身。

陳：可能當時大家會覺得，一個女人去徵婚就意味著她已經沒有辦法，這個「剩女」已經「剩」到不行了。男的徵婚可能還會好一點。女的徵婚可能就會被認為是色情廣告。

梁：可是，真的有這樣的色情廣告嗎？

陳：台灣有一些「婚友介紹所」，其實是在做色情生意。

梁：原來真的會有這樣的事情。

陳：我最近去埃及採訪茉莉花革命，在路上碰到一個軍人，他說，他需要一個「女朋友」。我說，不，你需要一個總統。

梁：哈哈。你有沒有覺得，其實你去到的那些地區，那些男人都會很主動地說這些事。

陳：對。我在巴黎也遇到很多這樣的男人，在街上跟在女生後面，他們就是會說出需要。東方人不會。在這本書裡，有一個人會對他的朋友說，結婚很好啊。反而讓我覺得，這是因為他們沒有性生活，而結婚可以讓他們有性生活。

梁：有這麼嚴重嗎？

陳：有一些會是這樣。一般人還是覺得，結了婚可以有人照顧他們的生活，可以幫他們生小孩。我聽到最後都想說：你乾脆請一個傭人好了，幫你照顧家人、掃地、煮飯

梁：哈哈。這樣好像還滿多的，很多男人都這麼想。

陳：東方人，是吧？

梁：是。很多東方人都是這樣。你剛才說的那個詞太好了，他基本上就是要請「傭人」這種感覺。

陳：真的，他講的每一句話都是在請「傭人」的感覺。

梁：沒錯。而且這個「傭人」還提供性服務。

陳：而且這「傭人」最好在外頭還有一份工作。

梁：對，也不用花他的錢。

陳：哈哈，好可怕，這樣誰要結婚啊？

梁：今天的中國滿奇怪的。過去的一年中很熱鬧的社會現象裡，除了「剩女」，還有一個就是，很多人都在談論嫁給「富二代」。我有一個記者朋友現在做一份建築雜誌，在這個雜誌裡工作的很多女性都很時髦、很洋派，跟她們聊人生理想的時候，十個裡面有八個都會說，嫁給一個有錢的老公，然後就不再做事了。這真是一個非常流行的說法。為什麼這麼多女孩這麼坦白地說出這種要求？去年年底，廣州有一個調查，發現超過一半的大學女生的夢想是嫁給「富二代」或者「官二代」。

陳：都是灰姑娘的受害者。

梁：後來我就稍微明白了，因為大家要擔心的東西太多。比如醫療、養老、孩子教育以及其他的問題。在歐洲，一個女人想要結婚的時候不會去考慮以後養老的問題，因為婚姻不是解決這些問題的手段。所以，再說回來，一個女人如果要徵婚，可能表示她需要解決這些問題已經到了非常迫切的地步。二十年前的台灣，你寫這本書的時候，有這麼迫切嗎？

陳：可能不那麼迫切吧！當然，我要承認，當時我並不是非要結婚不可。二十幾年前的台灣，未婚的女性大部分都是高教育，生活條件也比較好，但是失婚率高的也是這些人。這裡面有很多問題。

梁：你覺得現在重新出版這本書有什麼意義？

陳：《徵婚啟事》一直都是在寫現代社會中的寂寞感，但寂寞感不是結了婚就能解決的，這些都是我後來慢慢知道的。很多人覺得，因為沒有結婚，所以感到落寞。這些其實都是想像。很多人結婚以後，生活品質更差。我覺得大家對婚姻有太多的幻想了，從這本書裡可以看出，婚姻也是一個假象，不見得你結了婚就會好，不見得你找到一個對象就會好。我不是道道地地的女性主義者，但至少支持女權。我覺得怎麼可能找到一個有錢人或者有權人就會生活得好？怎麼會有人相信這個？你的快樂不應該是別人給的。我覺得很多人對婚姻太多幻想了。

梁：那麼，你覺不覺得是不是因為大家太寂寞了？

陳：如果以為解決孤單、解決寂寞的辦法就是婚姻，那麼很多結了婚的人都要捫心自問：是不是結婚之後更寂寞了？

梁：以你這部作品來說，「徵婚」是一個特別的處境。如果一個人去登「徵婚」廣告，本身就很特別，能不能這麼講，這樣的人其實是邊緣人？

陳：對，我們常常說社會不公平，尤其是在資本主義氾濫的情況下，有的人要多少錢就有多少錢，有的人卻怎麼都賺不到錢。以婚姻、情感來講，也是一樣，有的人要劈腿多少人就劈腿多少人，有的人就是找不到性對象。因為這個社會有很多標籤。可是，這些標籤是誰定的？有的人，人家一看到那張臉就說「他怎麼都娶不到老婆」。感情也是，有的人怎麼也得不到。

梁：這個層面上的公平不公平很少有人提出來說：這也是一個社會問題。這種公平不公平更不是一般政治學會去討論的工具。

陳：對，人們一般不去想這是一個問題，但仔細想想，這也是一個問題啊，為什麼他就這麼倒楣？他也是好好一個人啊！

梁：一般會說，這就是命運。

陳：因為他的職業，因為他的生活環境，他就是永遠找不到對象。有的人就很幸運。這是不是很神祕？

梁：這就是命運。我很好奇你當時做這件事的時候是一個寂寞的人嗎？

陳：我從小很容易有孤單感，現在這個孤單感有點褪色了。但是「孤單感」本身是寫作之「惡」，所以我還是有意識地保持一點孤單感。我在歐洲住久了，每次回來都覺得，東方人的生活好像都是滿滿的，每天都有一大堆事情要做，這個人要見，那個事要做，人跟人的距離很密，好像不太容易有孤單感。我在歐洲的時候，即使最好的朋友，一年也不過見一、兩次，很多時候都是一個人，有時候甚至不會見到什麼人。對孤單這件事，我很欣然地接受。但是回來之後就會覺得，很多人都排斥有一個「孤單」的空間，每個人的日程都排得滿滿的。在台灣，大家很喜歡講一個詞，叫「趴趴走」，很多人覺得奇怪，怎麼會孤單呢？每天這裡逛逛，那裡吃吃，就好了。

梁：也許我們都把孤單給「消滅」了，也許我們都很孤單，但是掩蓋得很好。問題是我們很少有機會獨處，很少有機會面對自己。我常常覺得，在這個時代，有一個問題是「過度溝通」，有時候大家一邊吃飯聊天一邊各自在按手機按鍵，常常一抬頭發現，根本沒有人在看你，每個人都在場又好像都不在場。微博上也是，無時無刻不在寫，吃飯的時候也在寫，隨時在溝通，隨時在人群之中，隨時都在跟社會聯繫。到底他們是不孤單呢？還是太害怕孤單呢？假如沒有手機，沒有電腦，他們會不會受不了？會不會瘋掉？反而，你剛才說的那種身在歐洲感到的孤單，我覺得嚴格來講並不是寂寞，而是很真誠地、好好地看看自己。

陳：你提出這個「過度溝通」很有趣。以前是溝通不夠才會徵婚，那麼現在「過度溝通」了，還需要什麼呢？

梁：所以現在上電視徵婚的人很不一樣。他們一點都不像你書裡寫的，他們好陽光，好帥……

陳：就是炫耀吧。

梁：對，就是炫耀啊！

陳：就像你說的「過度溝通」，每個人不停地把自己的東西「貼」上去，就會愈來愈空洞化，到最後就變成大家都在自戀，其實反而不需要徵婚了。大家都太自我，這是一個自我的世代，「過度溝通」反而沒有溝通。

梁：繞了一個圈，我們再回到二十年前你寫這本書的時候。我看到二十年前那些欠缺溝通的人，他們真的渴望溝通，所以在進入一個溝通狀態的時候，他們尷尬、靦腆，然後有各種的錯失……

陳：對，因為他們對溝通的形式不熟悉。

梁：或者他們覺得，太陌生了，對不對？今天的溝通是太過度了，但是其實也沒有怎麼溝通，都在自己說自己。所以，二十年前的沒有溝通，和今天的沒有溝通I或者是「過度溝通」下的不溝通，恰好是很大的對照。

陳：說得好。

梁：我在春節重讀這本書，真的感覺好特別。一方面恍如隔世，另一方面又很有當代的感覺。當下的時代，貌似跟二十年前很不一樣，但其實不是，大家還是很寂寞，很邊緣。

（本文為二〇一一年三月二日與作家暨文化評論家梁文道於 Skype 對談紀錄）

附錄

/

徵婚與啟示

陳玉慧 VS 楊照

三分之一世紀前的故事，可以被延續

楊照（以下簡稱楊）：

作為一個讀者，對於《徵婚啟事》我有一些反思。這個版本其實應該是三分之一世紀紀念版，所以我們很了不起，已經活到這種地步。用世紀來算，這件事情意義非凡。我學歷史的，沒有那麼怕老，所以慶幸可以用比較長遠的時間來看這件事情，並且體會到兩個重點。

第一個重點，以台灣歷史百年來看的話，相較於世界歷史上，其實台灣社會變動激烈程度是比較驚人的。尤其是我們今天也講到，如果以世紀更長的單位來來看的話。那你出《徵婚啟事》發生的那段時間其實意義特殊。

如果用百年為計算，我習慣從第一次世界大戰結束後，一九一八年算起，那個時候民族自覺、巴黎和會等，台灣真正開始進入世界史中，在之前，我們慣用中國史與日本史的角度來看台灣，但那之後台灣就變成了世界的一部分。

試想，一百年前，台灣還是一個多麼傳統的社會，在很短的時間之內，大幅轉變源自於日本的、西方的文化，各種不同的人進到台灣，二〇年代後期，台灣內部文化發生了非常熱鬧的各種活動。再加上當時日本南進，希望把台灣建立為日本帝國的次中心，改變了西方的殖民架構。大家往往忽略了在那麼短時間內，台灣進行了多少變化，尤其是一九四五年的時候，八月十五日那天，台灣因為日本投降變成戰敗國的一部分，然後幾乎是同時又因為開羅會議決議，美國所宣布的立場中，馬上變成戰勝國的一部分。世界歷史中，哪有任何例子，會有這麼激烈的變化？

雖然，接著，台灣表面上看起來經歷白色恐怖等、社會與文化的巨變產生的影響被壓抑下來，但是到了八〇年代就開始大爆發。一直到一九九六年台灣民選總統，我們的民主建制基本上完成了。所以我們這一代經歷了最激烈的變化，一九九六年後台灣的社會變化開始緩慢下來。

《徵婚啟事》大概就出現在這段時間當中，去見證也記錄當前正在發生的變化。玉慧當時寫這本書，有自己的戲劇背景、帶有人類學的視野，同時又帶行動藝術形式的一個發展，從個人為出發點。

說老實話，你可以粗暴凶狠地在這麼短的篇幅中，就把四十二個人的生命中某一種切片，當做標本統統放在這裡集體展示。從我前面提到的背景來看，你所以選擇這種敘事方式是最適合對應那個時代，因為那個時代大家都太匆忙了，而不是用長篇小說把每一個人生命慢慢地鋪陳書寫，那個時代大家都沒有耐心，也沒有能力可以沈澱下來把每一個人的生命說清，因為等到你講清楚的時候，生命已經不是這樣了，這是我認為《徵婚啟事》在形式上有非常重要的特殊意義。

我們去收集跟記錄那個時候台灣的故事，潛藏一種焦慮，就在你的作品中以這個形式來表現出來。台灣人在整理跟對別人講述自己生命故事，反應是自己內在怎麼對待自己，說說自己到底是一個什麼樣的人，該用什麼樣的方式說話。

我們從《徵婚啟事》裡得知你等於是收集者，遇到這些男人的時候，想要表現出一個你是一個什麼樣的人，可是大部分來的徵婚男人在對應你或講他自己故事的時候，常常都是對應不上，所以這是對應陌生人的能力問題，我自己也不太能夠立刻就是能夠掌握我在跟誰說話或是用更好的方式做到生命對生命的溝通。以上是我重讀《徵婚啟事》後的兩個面向。

陳玉慧（以下簡稱陳）：

你的看法我覺得很有趣，謝謝你有這麼宏觀的、大歷史的角度來觀看這本小書。當時確實是台灣剛剛解嚴，而我在八〇年代在巴黎學戲劇，我是拿《徵婚啟事》當做一個題目，進行各種我要的嘗試。當時我對左派戲劇家的無形劇場理論非常著迷，他的理論是戲劇不用在大劇場演出，戲劇是在生活中隨時發生。

我選擇徵婚的題目，其實並不只是要記錄這些人，也不只是要記錄我自己，我是在尋找無形劇場的戲劇性，以及我想要知道，當兩個不認識的人進行徵婚時的種種，背後的原因，碰在一起會發生什麼。

我也受到「行為藝術教母」瑪莉娜（Marina Abramović）的影響，她的作品「凝視」在紐約大都會博物館進行，放了兩張椅子，她就坐上面，任何人都可以參加坐在她面前，參與表演，這就是一種藝術。而我求學時代在巴黎的室友便是知名藝術家如蘇菲卡爾，我的生活周遭也因此受到行為藝術的影響。

解嚴後，從巴黎回來台灣，那段時間，也是我在戲劇創作的黃金年代，當時我幾乎是不假思索地想要做什麼就做什麼，那個年代的自由度、開放度與社會活力都讓我非常的著迷。雖然此書是在三年後才出版，但這個作品我做得很開心。

另外一點，我是一個有意識的女權主義者。從小創作便帶有女性意識，我不是會走上街頭的女性主義者，但我確實從女性的角度去創作。

《徵婚啟事》出版時，受到某些衛道人士攻擊。傳統的婚姻擇偶行為，是由男性主導，而我顛覆了這件事。我把主體跟客體轉換了，變成由我來觀看男性到底有什麼需求，透過這樣的形式，讓我更了解自己，更了解這個社會。

在那個沒有臉書、沒有推特的年代，在三大報登徵婚廣告，了解一群想要結婚、對婚姻、對人生有不同的要求的男士們。真實面對他們的一小片段的人生，我覺得是很珍貴。同時，我沒有冒犯他們，我沒有侵犯他們的隱私權，沒有透露他們的名字和真實年紀。他們面對我的態度是最私人的，只有我知道他們怎麼對我，說了什麼，甚至有時候面對的是男權社會對女性的屈辱。例如打電話來聽到女生三十歲，立刻掛電話，因為嫌女生太老，或是書中有提到各種奇怪的性追求，都反映了我們社會的小片段。

我覺得大部分來應徵的男性其實都是邊緣人，我自己也是。我不是「外省人」，我也不是「本省人」，我只是個有國外經驗的台灣人，正因為這樣，我是一個中間人物，就像德國作家藍茨說的，『作家寫作時應該要保持一個中間的距離」，不要對他所進行描述的人有太近或太遠的距離，這樣中間的態度，忠實描述這些人帶給我的感受，這對我是重要的。這本書是定位成小說，可是裡面並沒有太多虛構的東西，而是真實記錄我的徵婚經驗，被男性對待的感受。

楊：基本上我都是讀已經很古老的書了，都是有幾十年、甚至上百年之前的書。作為讀者，我一定會問透過這個作品對於那個時代有什麼認知跟理解？你剛提到的當時的年代，真的就是太多事情還沒有定型的時代，從這個延伸出去，那個時候，對這個作品的特殊性，到現在為止我沒有認為真的被凸顯出來。包括怎麼描述這個作品，我剛剛一直都沒有描述，以前大多出版社都把它定位成為小說。小說最基本的是要有虛構，這裡面沒有什麼太多的虛構，既然沒有什麼虛構，它就不是一個小說。它比較像是跨界（crossover）創作，例如，最關鍵的是行動是背景，是生活劇場，也是當時很流行的藝術。你把《徵婚啟事》變成生活劇場的文字記錄，它又變成了小說，也是行為藝術記錄，當這些混合一起後，反映了那個時代的不確定性。確實那個時代就只有你用這種方式做了。而我的印象中，那個時候沒有人討論這個作品該如何歸類。不過，二〇一八年的國際書展中，寶瓶文化社長朱亞君在國際論壇中報告，題目是「現實完勝虛構」。是在講台灣出版界的最主要現象：現在沒有人要看虛構的小說。因為現實比虛構更精彩。尤其是一八年，朱亞君自己牽涉林奕含事件，自己變成現實比虛構小說中還要精彩的一個角色。我的意思是說到現在為止回頭去看，《徵婚啟事》深具現實與虛構的概念性。但它仍產生了我的好奇，《徵婚啟事》這麼忠實的記錄，它就長這個樣子，可是你是一個傑出的小說家，我其實一直很想問：裏面所有的故事都嘎然而止，儘管有部分記錄你跟男人之間的互動，感覺上就是一個小說的開頭，你不會你真的從來沒有任何的衝動，想把它寫更飽滿或去發展這些故事嗎？

陳：我覺得你提出了現代文學最重要的一點。到底什麼是文學？文學怎麼定義？現實比虛構更有意思。當我在看強尼戴普跟前妻打官司的報導，或是看歐美足球明星欠債被追討的新聞。很多時候，現實生活裡面那些無法想像的細節，是小說家根本想像不到，寫不出來的。《徵婚啟事》進行時，沒有錄音、錄影，沒有增添刪減，就是真實的狀況，我還是選擇把它當做小說，時報副刊主編楊澤本來預計在《中國時報》刊登連載，才三天就受到衛道人士攻擊，就下架了。但是我省略了一件有趣的事情，當時我和其中兩三位比較聊得來的男性交往，但卻沒有把和他們的性生活寫出來，即便我沒有寫，都已經遭到攻擊了，可以想像如果寫，我可能會被罵死，就像在德黑蘭女人不戴頭巾就會在路上被打死般。這一點值得一提，就是當時社會雖然很開放，但因愛滋病興起，國內外社會的性態度反常地保守。《徵婚啟事》後來被陳國富變成電影《非誠勿擾》，我到去年才在 MOD 上看到數位版，其中有一段是陳國富讓劉若英跟某一個徵婚者上床，然後劉若英回家後哭了，我看到這裡的時候，有點嚇一跳。不管是三十年前的我，或是今天的我，我都不會哭，跟徵婚者有性生活沒有什麼好哭的，這可能是愛滋病對社會文化和價值的反撲。而李國修把《徵婚啟事》改編搬上舞台，變成喜劇，一人飾演胖子、或留長髮，或者是怪怪的性變態，國修是少有全才的編導演，那也是一齣台灣舞台史上非常傑出的喜劇作品，一演再演，一票難求，我原本女性主體論及表現主義或許也有所被隱藏忽略了。

楊：聽你這樣說，有一部分我覺得真的很珍貴，因為你很誠實的表達對這些問題引發改變的看法。我覺得這作品後來所有的各種改編，其實反應出他們認為不夠煽情。每一次改編，就開始加油添醋，而這些不同做法的反應，我認為意義很大。不知道你自己作為一個創作者，作為一個解讀者，當你們既然可以這樣浪費這些題目，你可以在這麼短的情況底下，在每一個男人的故事裡面都維持就是這樣，其實你現在可能不覺得，你會覺得說你自己那時候年輕的就是想仔細想這樣寫可是我想要突出的是這在文學上面的重要性。為什麼要提到「現實完勝虛構」?現代現實生活或是臉書上就有很多戲劇性，如果加點了虛構會更迷人或更吸引人?我對這件事存疑的。從我的角度來看，書中那些簡潔的文字，不想出自己生命故事的紀錄，是有力量的，所以你當年寫作是非常節制的，也讓這本書對三十年前的台灣社會留下紀錄，而沒有受到太多保守言論的影響。三十年可以淘汰掉非常多作品，為什麼這個作品還在?我也好奇說你會怎麼看待這件事?

陳：你提到「節制」這個字眼。我很喜歡一些法國電影導演，他們用詞就是非常節制，用法文閱讀，不用那麼囉嗦講那麼多事，只要把重點提出來。我覺得我是「節約」，而你是說「節制」甚至覺得有粗糙。我是刻意不想要浪費太多的字眼去形容那些人徵婚的帶給我的內心衝擊，甚至幾個字就夠了，把重點關鍵字在對的地方講出來其實就夠了。《徵婚啟事》做為文學作品，在文學表現上，我刻意要用很簡約的文字。故事其實都很簡單，你其實用幾句話就可以跟他們講完。可能很多人不理解，我早期的散文和小說，就以《徵婚啟事》為例，我的文字都是非常簡潔，刻意地有點像詩的表現，不想說太多囉嗦的東西。

楊：那是一種文學風格，連結到這個作品，為什麼可以留那麼久？我的解讀是因為二十歲的陳玉慧跟四十歲的陳玉慧，是不一樣的。寫作經過了三十年，你很節制或是簡約地寫那些男人，把他們留在那個時候，所以不顯得過時。

陳：時代在變，別人怎麼看這本書我已經不在意了。讓讀者自己去讀，他會讀到他要讀的東西，因為有時候我讀別人的作品，我也會看到作者他並不是要表現的言外之意，弦外之音，那才是重要的。所以我不會擔心現在人怎麼看《徵婚啟事》。婚姻、愛情是很古老的話題。我年輕的時候已經有這麼一個創作形式，之後的創作每一本都不一樣。我現在的題材比較枯燥，想寫柏林家門口一棵樹，它被偷走後，我為了這棵樹做了很多事情，想要把這個過程記錄下來。但是誰要讀一棵樹？

楊：我真的覺得現在來讀這本書，重點不在記錄當時的生活，而是怎麼看徵婚這件事，例如，對婚姻有完全不一樣看法的人，可能會覺得現在看徵婚很過時或是讓他不感興趣。但我覺得這時候來看徵婚，重點是我們要如何面對萍水相逢的陌生人，這些陌生人跟我們有很奇特的連結，他們不是我們的摯友也不是親人。但是在現在的環境中，這樣的陌生人多得不得了，你可以從臉書上知道他們大概做什麼，有些什麼樣的經歷，你會對他們生命好奇。

陳：現在什麼臉書、ＩＧ、Tinder 都太流行了。大部分玩交友軟體的人，其實是在找性伴侶。所以我們的時代變成從陌生人中找砲友，而不是徵婚。這個變化非常激烈，所以當人來看《徵婚啟事》的時候，會帶著一種很又古老又新奇的心情，就像我們看古典作品或是去大英博物館看埃及文化，看到埃及人如何保持屍體和做棺木，其實跟現在人類追求是一樣的。就像當年很多人徵婚，只看到他自己的需求，就是要滿足他的性生活。就像 Tinder 上，很多人會看對方的穿著、手錶、車子等生活的樣子，再決定要不要跟他上床。所以，我覺得人性自古皆然，只是形式一直在變化。

楊：我覺得更普遍的是對別人生命故事的好奇，讀徵婚其實會喚醒人的好奇，因為認識這麼多人，他們背後會不會有一個生命誤區。當然不會像我們寫形式主義小說，把一個人寫的那樣深刻。徵婚其實會告訴我們，你會感覺這些人背後都各自有著自己的生命故事，跟我們看到幾張照片或者幾個訊息還是不一樣，不管怎麼檢索，跟現在有沒有婚姻或是關係糾纏的人，我會用這種方式推薦「徵婚啟事」，因為它是一個相對空間的生命故事。

陳：徵婚跟交友軟體最大的不同是，當年只能打電話聽到他的聲音，聽他的自我介紹，只能從他的聲音裡面去判斷你對這個人有沒有興趣。但是現在可以在交友軟體上幾乎在形影聲音上無差別去認識這個人，再決定要不要跟他來往。所以我們是完全進入視覺化的時代了，已經毫無疑問了。

（本文為二〇二二年十月三十一日與作家暨文化評論家楊照於 Teams 對談紀錄）

徵婚書寫是行為藝術

陳玉慧 VS 耿一偉

陳玉慧（以下簡稱陳）：

三十三年前你在幹嘛？

耿一偉（以下簡稱耿）：

一九八九年嗎？那個時候應該在參加野百合學運。所以看你的書的時候，有一個很親切的感覺，蠻有那個時代的氛圍。第一個，我覺得那個時代基本上還是一個對未來還蠻樂觀的時代，對國族認同或者是未來，甚至經濟發展，歐美國家人士大概不會像過去台灣人一樣，要面對國族存亡的問題，政治選項成為未來生命中一種重要選項。而一九八九年，台灣的經濟狀況也還算是不錯。

人的多樣性在《徵婚啟事》裡面變得非常有趣，你對每一個男人的觀察，很好玩的，因為互動時間很短，並不很深入對方的內心，不管對方評判是什麼，也不會下一個絕對的結論。就是一種偶然的相遇，提出觀點，所以每一篇都非常好看，很風趣的短篇小說或者是極短篇。即使現在再重新來看，我也覺得有很多樂趣。透過小說去認識平常沒有認識到的人事物是很重要的功能。不知道你自己會不會從頭看自己的小說？有些電影演員從來不看自己電影的。

陳：最近因為這本書要重新出版，我大致又翻了一次。那一年，我在法國讀戲劇，回到台灣的時候，也正逢解嚴後，社會有點有點開放了，有點鬆動了，所以就好像一切變得很好玩。如果是今天這個環境的話，這個作品就可能不太可能發生。當我引入了很多的劇場概念，像奧古斯都．波瓦（Augusto Boal）的無形劇場或包括有一點像概念藝術等等，把這些東西融合到創作中。現在回想起來當時有點像行為藝術，我跟四十二位男性互動，被我記錄下來寫成一本書，你要叫他小說也好，要叫 performance 也好。內容是真實的沒有虛構。我對徵婚者沒有那麼大的興趣，是對徵婚和互動這件事情比較有興趣，我甚至覺得它比較像奧古斯都波瓦的無形劇場。

耿：波瓦後來最重要的著作就是《被壓迫者的劇場》，在台灣有出版，他的書其實對於什麼是無形劇場是有定義的。第一個定義是，表演要發生在非劇場的自然環境裡面，然後觀賞者不知道他們自己是觀眾，目睹演出的人，恰好是出現在場景裡面，而且最重要是他們不會有絲毫表演的感覺。不然，他們覺得變成是觀眾，然後把附近的人捲到這個事件當中，維持到演出結束，我想就這本小說效果來講，玉慧強調就是說這本書有行為藝術的部分，我想比較關鍵的是：因為你是真的在報紙上登了《徵婚啟事》，然後親自行動，符合行為藝術是藝術家要以自己的身份介入到實踐中，像「行為藝術教母」瑪莉娜（Marina Abramović）也說過，很多行為藝術常常沒有辦法預測現場的來賓或者是觀眾對行動的回應，如果就這個小說完成的整個過程，就是紀錄。這本書另外一個層面，是回顧當初在報紙上連載，可以把它當成副刊，也可以說是一個「紙上美術館」或策展。在那個時候的報紙連載，有一種公共性的社會參與。只不過，當時的那個年代與現在這個年代有很大不同，三十年前，因為剛解嚴，對於任何異端事情都保有一種相較現在，是比較包容的開放，不管是同志議題或是徵婚議題。假設，如果是在今天你在臉書裡面，你貼文說要做一個《徵婚啟事》的訪談，可能你還才進行到一半，臉書上就一堆人要黑你，不然，大家就很多人意見就出來了。現在很多人他面對那麼多複雜訊息的時候，會用一種比較極端或者是保守或極端，或是以非常道德方式去做判斷。以前的人沒有這種即時回應，所以會先觀察，等待事件完成，再做判斷。所以書中的每一篇故事也保有那個時代看那個世界的方式。你在描寫的時候，敘述怎麼思考這個人，不會那麼直接下判斷，是一種有距離的包容。就像巴爾扎克寫過的一套小說《人間喜劇》，他的構想只是希望每一部小說都描繪一個不同的人物，然後整套小說結合起來就是那個時代社會觀察的百科全書。《徵婚啟事》也帶有一樣的效果，譬如，裡面還是有講到選舉等，展現一種強烈的全覽式社會觀察視角。

陳：回到你前面提到，如果今天是在新媒體刊登《徵婚啟事》，會引起什麼樣的攻擊？其實當年，《徵婚啟事》有報社要連載，但是只有幾天就下架了，因為衛道人士寫信到報社抗議，再加上還一兩位知名作家覺得女生做這樣的事不妥，就下架了。雖然當時已經是個開放社會，仍然是有很多保守的聲音。難道徵婚是男生的權利嗎？我想要做的就是顛覆徵婚這件事的主客關係。為什麼女生不能去徵男生？為什麼一定要男生來徵婚呢？

耿：你說的衛道人士，應該是你挑戰了男性的權威引起攻擊。假設今天是一個男人做《徵婚啟事》，結果來了很多女人，那就會變成唐伯虎，變成佳話。當女性要嘗試透過徵婚爭取跟男性擇偶等同的權力，這不只是性的冒險，而是對社會角色的顛覆。基本上這社會中，講道德就等於男性視角。

陳：對。

耿：所謂的道德，就是一種男性為了鞏固身分或權利的既定意識型態，只有對他有利，而不是對所有人的有利。不可否認，這個小說出版後，依舊受到很大歡迎，改編成舞台劇、電影電視。可見這樣的題材，能夠吸引很多人。因此我很好奇，儘管這個故事最早的載體是報紙的副刊，雖然只有幾天就被下架，可見文化媒體還是跟權力地位有關。但是當載體轉到劇場或是電影時，觀眾的感受又會不一樣，其中關鍵原因是在其他的載體中，人們是可以看到情境，不像是報紙連載時，只讀到一個女性要徵婚。當完成剪輯變成戲劇時，放在劇場或電影電視時，觀眾就是知道徵婚不只是這樣，每一次相遇都會是一個有趣的事件，而不是只有一個女性想要去追尋某種婚姻上的自由而已。就像巴爾扎克的《人間喜劇》就是有社會性總覽。另外，風趣是很重要的部分，這本小說裡面文字都非常風趣，那時候你剛回台灣，很多感覺也會非常新鮮，對人的觀察時候會變得很敏銳，用很短的、簡單的文字抓到人物精髓，這也構成每一篇人跟人之間相遇變得非常的具有穿透性。即使現代人再重新閱讀，可以從小說載體中，得到非常多的閱讀的快樂，就像羅蘭巴特講的愉悅。

陳：從你的談話裡，我注意到一個是關於我自己寫作的態度。面對這些徵婚者的時候，我是不帶評論對他們沒有什麼偏見，是開放地去看他們。當然，我也會不滿意有人的徵婚條件就是要在家裡帶孩子、洗衣服、還要去工作和照顧媽媽，我想說你是在找傭人，不公平的現象我當然會指出來，覺得不是我應該要去接受的。我自己應該是一個女性主義者，也在創作，有女性的自覺，但基本上我沒有去評論他們。第二個我從小寫作，已經寫了很多年了。《徵婚啟事》是我人生第一個比較重要的作品，今天重新再看的話，可能當時我應該更大膽。當時，我雖對來徵婚的人要尋覓性伴侶一事不滿意，但卻跟兩三個人有交往，甚至有性關係，如果當時把性關係也寫進去，可能就是翻天覆地了。如果說三十年前，這本書是行為藝術也好，是小說也好，三十年後來看，好像沒有什麼違和感。

耿：如果你現在還要再做後《徵婚啟事》，至少你還可以做一件事，就是在網路上徵求當年有來參加的四十二個人，重新再與你相遇。重點是談他們現在對婚姻的看法，一樣可以和小說裡一樣用匿名的方式，每個角色都是被匿名保護的，不論是你的描述或他們在整個對話的關係裡都可以很自然。這個事件可以像諾貝爾文學獎得主耶利內克寫過《玩偶之家》後接續寫了《娜拉離開丈夫以後》。所以我也會很好奇《徵婚啟事》三十年，這些人經歷了哪些變化，對於生命感情有什麼樣的看法。作為一個作家你覺得這個作品在你的作家生涯的創作過程中，它的地位是什麼？有時候有些作家會從自己過去的作品裡面又重新得到靈感，你覺得你在完成這個小說之後，有把你帶到什麼方向嗎？

陳：老實說，三十年後我仍然想再結合剛才說的各種內容和形式的創新，可惜我再也找不到更好的題目了。《徵婚啟事》後我就把寫作重心移到家族歷史書寫，甚至從事舞台劇，寫劇本，一直到現在我已經改行做電影，從事影視編劇。那個題目可能真的是一個史無前例，我有很長一段時間一直想要更新這樣形式，但是後來我放棄，我不要重複我自己。最後我就寫家族小說、歷史小說。

耿：很明顯看得出來你之後的作品往往是更有難度的歷史書寫與家族書寫，這也是一個作家的野心，都是要花很多力氣的。《徵婚啟事》會讓我想到卡爾維諾的《未來千年文學備忘錄》裡，有幾篇輕盈快速的文字，是比較放鬆、沒有那麼多負擔。這本小說實際上是你的第一本暢銷小說對嗎？

陳：對，這本書它養活了我一輩子，到現在都還在賣。真是始料未及，改編要給我版權，演出也要給我版權、重新出版也要給我版權，我的書從來沒有一本這麼暢銷。像我認真寫《瓷淚 China》，研究三年，書寫二年，讀了德文、法文和英文資料，但該書銷量很少。《徵婚啟事》是很奇特的。我是沒有帶著任何包袱地在創作，後來可能也我好像成名了，慢慢地要走向作家式或是作者論的書寫。但這本書是完全的打破一切的規矩，我根本不在乎我是不是作者，我根本不在乎一切，就是純粹創作，我覺得這是不一樣的。

耿：因為你那個時候沒有包袱，所以讀者在讀這個書的時候也沒有包袱。這本書雖然是三十年前出版，但是可以呼應現代人的閱讀習慣，因為你每一單篇都可以閱讀，就像有人在臉書上寫一篇有趣的短文，附一張照片一樣。這個作品已經預設了後來所謂的網路時代的非線性書寫。如果你再稍微把它拉開其實就是四十二篇貼文，只是你寫得很好看。

陳：我同意。你說我是打破界線，沒有帶著任何包袱去創作，沒有任何拘束地寫作，這種自由度的創作就像你所說的，到現在自己都覺得好幸福。如果能夠有一個能重新再來一次的題目，那該多好。

耿：就小說裡面內容的細節，我很喜歡裡面有四分之三的徵婚者，你都有給他一個非常精準的開場人物介紹。例如，第六個男人是一個使用呼叫器的男人；第三十五個男人是三十出頭，他未婚；或是第十七個男人講普通話有廣東口音，是新加坡人四十歲歲；第二十個男人是三十一歲，喜歡踏實安全的感覺；第二十二個男人的嗜好是開車兜風。每一個男人的出場的破題或者是描述就已經是非常精確，而且是有趣的。在每一篇的書寫感覺結構上有一致性，紀錄每一次相會，好像那個時候你特別有靈感，每一個人物其實寫起來都是渾然為一體，不會刻意精心雕琢。有時候，你在讀某些作品的時候，會覺得說作者花很多的力氣去精心雕琢，會有一種刻意感。但是我覺得這裡面每一篇文字都是基於對這個人物的相遇，從相遇裡得來的養分，靈感之神在這一部小說裡面有很多的眷顧。完成這部作品花很多時間嗎？

陳：其實當時我是住在國外，回台灣三個月，這本書就是在三個月內完成。我用三個月時間徵婚，我每次跟一個人徵完婚，回家就做筆記，因為我沒有錄音都是憑我的記憶，我在筆記上寫下我跟他們見面時候最直覺的、立即的反應。昨天我還把當時的筆記本找出來，寫出來幾乎是筆記本中百分之七、八十以上的內容。

耿：我剛剛有個靈感，因為這是新的時代，《徵婚啟事》不見得只能夠透過電影或電視的方式來改編。我想要把它變成是一個沉浸式劇場（Immerse Theatre），用你的文本作為來源，觀眾扮演你原來小說裡面角色，然後他要念台詞，重新去去體會當時徵婚的情境。你剛剛講到你有筆記本，有筆記本就可以辦展覽，書中有四十二個人，所以觀眾可能要抽籤，按照去創作者規定的文本狀態，然後他要去演《徵婚啟事》的男人 所以他也可以是一個女人，也可以是一個男人。要重新回到原來的無形劇場方式來進入文本。你覺得這個可以嗎？

陳：Cool！

耿：很酷！按照那個情節對話蠻酷的。我就來跟你們問一下改編權，賦予這個作品新的生命。現在劇場很多有新的觀影關係，觀眾或演員可以透過耳機，導演告訴你應該怎麼做，要講什麼台詞。所以每一個人都可以去扮演當時徵婚的人，每一個人都是隨機選角，進入那個角色，進入文本狀態，應該可以做到這樣。屏風表演班每當發生營運危機，擔心票房不足或經費不足時，如果把《徵婚啟事》搬上舞台，票馬上就賣光了。主要是因為李國修就把它當成喜劇。

陳：我有一次去紐約，看《徵婚啟事》的巡演，我也很意外。他有把陳玉慧這個角色搬上舞台，是有一個穿著波西米亞長裙子、長頭髮的女人在舞台上。我看著都嚇死了，那女子上台抗議該戲沒有得到她的同意，很好笑，後來他們把這一段拿掉。

陳：我知道這戲要怎麼做了，如果有抽到要扮演成員，我們會給他一頂假髮，規定他要穿風衣，坐在一張桌子前，然後他們穿你的衣服。用結合現代科技的方式，去把你當時想像的無形劇場，在另外一種關係裡重新呈現，觀眾不再是被動的成為你想要描述的狀態，而是可以真正去介入，有可能是原來徵婚的人或是來徵婚的男人，這應該是會蠻好玩的，然後又可以大賣了，你又可以靠這齣戲生活。

陳：你不愧是有理論基礎的策展人。任何一個作品可以接受很多改編的時候，不管符不符合原著，某個程度都是回來增加原著生命。改編不同的詮釋其實也是一種解讀，這種詮釋對一個作品的長期生命，是一件好事。

耿：最後講一下現代人感情的部分，你現在回頭看，不管是你的描述或是自己的態度，有傳達出什麼樣的感情觀或感情狀態嗎？

陳：至少我的女性意識依舊存在。三十三年前，有不少的男人來徵婚是帶著性的目的，為了要找新對象，當時我覺得有一兩次有被冒犯的感覺，但今天我可能會一笑置之，當做沒事。所以創作者要保持的中間距離，有時候很難拿捏，太靠近你就被冒犯，太疏遠又過於冷漠。所以今天重新看徵婚啟事，我也不能說成熟，但態度不一樣了。

耿：我喜歡解讀文字後面的東西，不喜歡長篇大論去講。像我現在翻到這頁，你的斷句是非常有趣的。句子都蠻短，譬如說，「後來，他又表示，他已婚，妻子很漂亮，那樣，人很好，妻子精通紫薇斗數，很會持家。」這是第十三個男人中寫的。有時候讀者沒有辦法接受這麼簡單又樸素的句子，會加非常多的成語，就像抹了很多粉。所以我覺得這本書用字樸素會有一種真實感。我不知道是不是我的偏見，通常女性會比男性更想要去閱讀小說，想像我作為一個女性讀者，我會覺得這本小說作者有一種睿智，對男性的、對事情的觀察，我會崇拜這個作者。即使你在《徵婚啟事》中對徵婚者總是保持著距離，但對人的觀察很風趣，對人的多樣性是諒解的。如果我是一個女生，會希望像作者一樣沒有被這些俗氣拖累，很瀟脫。

陳：我自己發現我也蠻自省的，對譬如說有一次跟一個對象有約，我想觀察他，所以我先到了餐廳的樓上，想從樓上觀察他怎麼走進來。後來我自省為什麼要這樣做，很多的時候是自己在看自己。總結，你剛問到底三十三年來這本書到底提出了什麼？其實我已經提出了女性意識。在我們的文學創作裡，還是男性居多，諾貝爾文學獎沒有幾個女性得獎，重要的作家文壇上都是男性。所以當你被叫「女性作家」，就已經是貶抑的。我一直帶著女性意識在創作，我在卅年前便意識到我的女性意識。

耿：對男性來說，這點也很重要。就是哲學家沙特說得「為己存在」跟「在己存在」。當男性突然變成被女性描述的標的物時，這種權力視角的轉換對於當今台灣社會，這樣的觀點依舊很重要，權力關係在網路世界裡面往往也是一種複製。新的媒材不見得就帶來了自由。這種角度的顛覆，在今天還是非常有意義。

（本文為二〇二二年十月三十一日與台北藝術大學戲劇系助理教授耿一偉於 Teams 對談紀錄）

拜託大家不要結婚

陳玉慧 vs 胡川安

胡川安（以下簡稱胡）：

看了過去不同版本的《徵婚啟事》，我覺得婚姻可能在二十五年前、十年前跟五年甚至當年的意義都不一樣。我看到的多半是有很多人對對婚姻的想像，其實，你彼此不認識，怎麼可能進入婚姻，根本沒有辦法談後續的事情。我自己的立場是要先遇到這個人，才知道有沒有婚姻的可能，婚姻是一個選擇。

我的上一段婚姻是結婚半年後，我的家人才知道，因為當時我們要一起離開台灣移民加拿大，結婚能加分，是一個很有趣的理由。當時是一段很好的關係，也沒有一定要婚姻。所以，我對婚姻的想像是：一定要有好的感情、好的關係，再去談婚姻。

陳玉慧（以下簡稱陳）：你是有感情再去談婚姻，不是為了婚姻才去找一個人。

胡：對，人生好像流水線，不覺得自己一定要先結婚。

陳：要做什麼都可以的時候才是真正的愛情。你要結婚也可以，你要同居也可以，你要偶爾見面也可以，但一定是全部什麼都可以，才是真正的愛情。有些人結婚財產要分開，在法律前一切都要先講好，那幹嘛結婚呢？結婚是一種衝動，我們要共同成家的衝動，如果結婚還要分你的、我的，為什麼要結婚？

胡：現在大家比較提倡是要分清楚，尤其是如果這段關係會走到離婚。

陳：從好的角度來看，分清楚是保護自己也保護別人。對自己也比較好。可是我會浪漫一點想，覺得都已經相愛了，幹嘛還分彼此。

胡：我覺得現在台灣社會的氛圍是很多人要處理離婚，且多半處理得不是很好，產生各種問題，如果婚姻關係中還有小孩，就會產生更多複雜的問題，會延續到下一代。

陳：當初寫完《徵婚啟事》後，我是一天中就遇到我前夫，然後一天就決定要跟他在一起。這種閃婚需要有荷爾蒙衝動。但我現在倒沒有想要結婚，因為我對婚姻已經嘗試過。

胡：我們的共識是人生結過一次婚就可以了。

陳：對！有些事情只能一次。我離婚後，失去的不是婚姻，而是失去純真(Innocence)。從此我就再也沒有了，就像手機摔破了，儘管功能還在，但就是破了，已經和原來的不一樣了。

胡：你的婚姻像初戀，人只會用純真去講初戀，沒有人會用婚姻去講純真對吧？

陳：我當初還沒有跟他談戀愛，就直接結婚，並沒有戀愛的過程，就是很猛烈地，什麼都不在乎就跟他在一起，而他也是一樣。所以一旦分離，像活生生地剝掉一層皮，而被剝掉的那層皮就是你的純真。

胡：你考慮婚姻就是純粹或純真，可是一般人思考婚姻，則有很多其他的部分，譬如說門當戶對或外在條件，用社會觀點去考慮。我自己當初結婚的想法比較像妳，就是想跟她一起去加拿大一起生活，那就一種純真。回到《徵婚啟事》裡面，互動的四十二個男人，對婚姻的想像都不一樣，他們本身就設定了一些條件。你和他們的對話，形成很明顯的對比。

陳：我失去的是一個人人稱羨的婚姻，是我自己不珍惜。沒有人像他那樣愛過我，包括自己的父母都沒有像他那樣寵愛我。等到失去了，就覺得失去了一切，所以後來我寫了《瓷淚 China》的書，我寫過這種句子：「瓷器跟愛情是世界上最容易破碎的兩樣東西」。

胡：你覺得寵愛算是一種對等的愛嗎？

陳：我覺得愛情關係裡，總是會有一個人愛多一點，另一個少一點。我的前夫就是他愛我多一點。有點像寵愛。他給我太多，多到像自來水一樣一開就有，我反而不會珍惜。但是，現在的關係卻剛好相反，我怎麼做都不對，有點相反的感覺。好像人生每個階段都在經歷不一樣的事。

胡：自己覺得被寵愛跟覺得付出沒有得到回報，是完全不一樣的。

陳：截然不同的事情。

胡：如果在關係相處中覺得心會累，就開始會去思考要不要放棄這一段關係。就算雙方平等的關係也都可能會遇到問題，感情也可能會產生質變。婚姻就是這樣，我進入婚姻後真實生活，有了小孩，要處理生活瑣事，兩人想法不一致，就遇到問題了。

陳：我跟前夫是真的還好，我前三年前寫了一本《德國丈夫》，談過我們之間的事。我很清楚我的原生家庭帶給我什麼影響，我父母二人是不知道愛是什麼的人，他們之間的關係，他們的生活也是一場災難，好像我從小就活在他們的災難裡面，那種災難感形塑了我的內心靈魂，讓我也習慣了災難。這樣說很悲傷，但沒有災難的愛，我真的感受不到。和前丈夫分手時，他說他以我為中心圍繞了十幾年，真的。當一個男人毫無條件地寵愛我，我是不習慣的，我的感情模式，是只會意識從小習慣的災難，除此無他。

胡：如果在一段感情裡面出了問題，你會檢視是自己哪裡不夠好？還是自己對他不夠好？會質疑自己嗎？

陳：會，在一個負面感情關係裡，我會開始質疑自己。但我偶爾也是會跳出來看自己，知道沒必要。我本身就是一個非常敏感的人，任何一個小地震對別人來說可能沒什麼，但對我可能是天崩地裂，這種敏感體質可能就會承受更多動盪不安。

胡：你寫了四十二個男人，有沒有哪一個會讓你覺得當初沒有跟他在一起會可惜？

陳：都不可惜。雖然後來有兩個人變成朋友，但我就是太挑剔了。我常常說我找對象的條件不多，其實不然。因為我要一個見過世面又有幽默感的人。如果你沒有見過世面卻又喜歡囉哩八唆，我會覺得煩；如果見過世面卻沒有幽默感，也不太好玩。我不需要對方有經濟基礎、特別有責任感什麼的。但是要見過世面又有幽默感就是很難的條件了。當年我只是三十歲出頭，我覺得他們似乎欠缺了什麼東西。那時我已經在歐洲住了幾年，我明白，你有走過一些地方、經歷一些事，這樣的人才會有獨特個性顯現。

胡：這都是才三十歲年輕的人很難經歷的。

陳：我也是如今才知道我的擇偶的條件。

胡：幽默感是台灣男人普遍的一個問題。有時候生活不順，稍微有點幽默感，很多東西都可以化解。但不知道是不是我們的教育出了問題，台灣男人比較沒有幽默感。

陳：東方男人或亞洲男人真的比較沒有幽默感，我自己也沒有幽默感，但是有些民族像拉丁美洲或英國人或印度人就比較有幽默感，他們的反應就是讓人莞爾。

胡：來徵婚的那些人好像的確是沒有什麼幽默感。

陳：幽默感也是有差距的，有的人是講蠢笑話，我們就能笑得要死。有些事隨便講兩句，也能逗人笑，還有些是睿智的幽默。所以有見過世面和沒有見過世面的幽默還是有差距的。

胡：台灣男人比較習慣開一些愚蠢的黃色笑話，要不然就講自己的性能力多強。像我參與社會團體的正式場合中，他們都能講那些笑話，我覺得很無聊。

陳：對，我聽過那種黃笑話。

胡：不過這也沒辦法。我覺得可能是文化上根本性的慣性。如果說，回到你自己的經驗，會覺得東方社會的男性跟在西方社會的男性有不同嗎？

陳：我只有交往過一個台灣男生，但時間很短暫。大部分交往經驗都是異國戀，都是外國人。我分不出什麼不同。

胡：你會不會因為《徵婚啟事》遇到這麼多台灣男人，才讓你放棄尋找台灣男性的可能性？

陳：我是一個不信邪的人。試想在印度怎麼可能去市場買晚禮服？結果有可能我買到。我常常是帶著一種「沒有什麼不可能」的感覺去做很多事。我做《徵婚啟事》，完成的不只是一個文學作品，我把藝術形式放在這個作品裡，直接跟四十二個男人互動，覺得很過癮。雖然我也很想再做一次這種事情，但是現在沒有比徵婚更好的題目。

胡：既然沒有以結婚為目的的徵婚，那我們可以來進入離婚了。

陳：我對離婚的想法是，當時離婚後，我失去最重要的東西，就是我的純真，沒了，什麼都沒有了。

胡：很多人都談婚姻對人的關係，台灣現在的離婚率是全球排前幾名，離婚過程、慘痛的經驗，反而比較少被討論。

陳：在德國法律，只要你能證明你們分居一年就可以離婚。但台灣的離婚法律很複雜。就像以前一定要抓姦在床，證明有罪。所以我小時候，經常被我媽媽帶去抓姦，我爸知道我在樓下，跟我媽說「妳不可以讓她上來看到」。所以我有幾個夜晚是一個人孤伶伶地站在樓下、樹下或是月光下等我媽媽，就是因為當時的法律是通姦有罪，我媽要拿到證據，但她又不肯離婚。

胡：台灣現在的法律已經把通姦除罪化了，現在好像只剩回教國家還是通姦有罪。

陳：我現在才知道台灣離婚率這麼高。想知道想離婚是男生比較多？還是女生多？想結婚的人口比率又是多少？大陸因為一胎化男比女多，感覺好像男生就算條件很好，都找不到老婆。如果想離婚男生多於女生，而且是因為有外遇而離，那些人幹嘛結婚？他可能會說是遇到真愛所以放棄婚姻。但對象換來換去，那還是真愛嗎？我自己的婚姻是真的愛過，我前夫也是，離婚就是我們兩個都失去這個叫純真的東西，真愛就一次而已。

胡：你是幸運的，因為你有機遇遇到一個無條件付出的婚姻關係。多數人的婚姻關係裡，大家還是有所求的。不然，現在有些人會選擇同居，或是一起生活，但未必想要有結婚的手續。

陳：可能有些人需要結婚的儀式感，需要生小孩，需要成家。我如果知道現在離婚率這麼高，我真的鼓勵大家不要結婚了！傷人害己！

胡：對！拜託大家不要再結婚了。

陳：你看很多男生為了離婚，女方不肯，最後只好付錢了事。

胡：對！就買斷殺出，然後贖身。

陳：我離婚，是什麼都不要，連純真的沒有了，那是最高貴的東西，我還要什麼。我這個人很任性，看不起那種什麼都要分得清清楚楚，關係好小好侷限，為什麼不能瀟灑一點呢？

胡：《徵婚啟事》裡有將近一半的人是離過婚或喪偶的男人，他們還要再來徵婚。為什麼他們還想再走進一段關係？有可能他覺得再娶一個老婆，可以服侍他、幫他處理生活上的事情、打理家裡或是再找一個人幫他照顧小孩。我離婚後，自己帶著小孩。即使交了女朋友，我一定會跟對方講清楚：小孩是我帶，你跟我的小孩之間沒有關係，我跟你是感情的關係。我不會希望女朋友要負擔照顧小孩責任，那也不是她該做的，因為我們之間是感情關係。之前我和賴芳玉律師聊過這個話題，在她處理離婚經驗中，發現很多單親的男人帶著小孩，會希望找女朋友或找新的太太來幫他照顧小孩，而不是直接面對自己照顧孩子的責任。

陳：確實有幾個徵婚人，讓我覺得他們在找僕人，要照顧他們的小孩、要照顧他、要跟他媽媽相處得好，還得自己出去工作賺錢，聽起來都太不可思議。所以，我就斷然地不想跟他們有深交。

胡：這幾個人也代表某一類型男人對婚姻的想像。

陳：對！他的擇偶條件就是要找會生養孩子的傭人。

胡：你覺得感情有可能成長嗎？你經歷的上一段關係會影響到現在的關係

或是下一段關係嗎？

陳：感情每一段都是特殊的，每個人都是特殊的，是不是有成長，就要看人了。老實說，我寫《徵婚啟事》這麼久了，可是我的情感模式好像沒變，愛我就是要全部都給我，如果連結婚也不願意，那就算了。

胡：這樣不是聽起來有點像情緒勒索嗎？

陳：這不算情緒勒索吧，大家不是各取所需？

胡：你這種說法聽起來有點像。

陳：好吧，我是心裡那麼想，但我不會對他們說出來，我是一個比較沒有安全感的人，是個矛盾的綜合體，一方面極端瀟灑，一方面又欠缺安全感。

胡：哪一個人不矛盾。因為本來大家都矛盾，只是你建立了一個對婚姻的想像是非常純真的東西。當然我們都還在不同的感情中，因為經歷了不同階段的感情，當然每一段感情，你遇到這個人，會拿以前當作座標，做一個參照，我以前都那麼愛了，現在遇到這個人沒那麼愛，所以我就很可以自然地放棄，很容易就說分手？

陳：我曾經說以前的人都怎麼怎樣對我好，為什麼你都沒有？後來也不說了，說了沒用。

胡：就會變成曾經滄海難為水。

陳：當我這樣說的時候，對方站起來就走了。這就是曾經滄海難為水，所以我失去了純真，我去我失去婚姻以後，我再也不會真的想要跟誰結婚了，因為我知道太難了。

胡：如果沒有想要婚姻，接下來的人生會有什麼樣的關係？你自己一個人，或是還是希望有個伴侶？什麼樣的依靠？

陳：我不確定現在的關係可以留下來，或許出四十年版時，再回頭看自己。我現在想要的關係，是跟我的對象追求共同目標，一起往前走，這過程裡面可能會有摩擦，但我們的目標是一樣的，我們就一起走吧。

胡：這聽起來就有所轉變，婚姻好像不是一個值得期待的事。

陳：愛情的純真，人生只可能有一次，很多一次性的東西就跟處女膜一樣，沒有就沒有了。

胡：比較像是離開伊甸園的那種感覺。

陳：失去那純真，有點像蛇來了，蘋果吃了，你對這世界的想法變了，我現在是說靈魂伴侶，人不可能有一大堆靈魂伴侶，還是你有很多靈魂？當失去靈魂伴侶的時候，感覺像是失去半個靈魂。

胡：如果有新的對象，你會很坦誠告訴對方，你不是我的靈魂伴侶嗎？

陳：哈，他卻說我們是。因為我已經失去過，所以遇到他的我已經是一個破碎的我，而我能接受的他也是破碎的他。

胡：好像到最後是兩個破碎的人在一起，就像瓷器已經縫縫補補，到處都是龜裂的樣子。

陳：這樣講聽起來好悲慘。

胡：徵婚啟事給大家的想像是你的婚姻是純粹的。但是這個時代對婚姻的想像不是純粹的，那就拜託大家真的不要進入婚姻。

陳：我真的不好評論，男人的下半身也要負一點責任，他們離開的理由其實更是因為遇到更Juicy的對象吧，我的感覺是，大部份的他們離婚就像離開糟糠之妻。

胡：嗯！遇到更能引誘他的人。不過男性不是到六、七十歲都還是會這樣子？

陳：You tell me！

胡：哈哈！我覺得男性可能會這樣，但是如果對方是真愛可能不會。但問題是大家沒有遇到真愛。

陳：那就是對真愛的定義了！你有遇過真愛，我知道。我們現在講的真愛是一次性的。也不可能一輩子都在真愛。有些人會說，我離開原來的真愛，追求我現在的真愛。那他的真愛就是有保鮮期。真愛真的有那麼多？

胡：可是你看離婚率這麼高，就表示不是大部分的人。

陳：如果不是一輩子，其實你可以不用結。你已經知道不會是一輩子，幹嘛結婚！

胡：可能是有很多其他的力量把他推向婚姻。

陳：為了爸爸媽媽？為了社會的要求？

胡：即使不是為了社會要求，一進入婚姻以後才發現兩個人的相處有多困難。

陳：社會對婚姻的要求是一種潛規則。譬如你已經四、五十歲去應徵工作，對方知道你還單身，可能會懷疑這樣的人是不是不合群，有些人會覺得不結婚的人好像就有什麼說不出的問題。

胡：就像人生的十項考核表，婚姻是其中一項，沒有結過婚，好像這個人就有點缺失，你會有歉意。就像我們文組的男生，一輩子都帶著歉意。你念歷史的時候，別人就會說你以後要怎麼賺錢養家？怎麼生小孩？因為你念了一個不會賺錢的科系，就要去跟別人解釋社會期待對你的投射。歷史真的是我的興趣，就像找到真愛，我當初結婚的想法都很純粹。但是在台灣社會裡，如果你不結婚，就會有人問你為什麼不結？是不是哪裡有問題？

陳：我很好奇你為什麼要離婚？

胡：我在這段關係裡成長很多。因為我從高中一直到離婚的時候，每一天都是有關係的。以前也當過渣男，就是每天都有關係。雖然離婚不是因為這個原因，但離婚後，我有一段時間真的不要任何感情關係，就讓自己先帶著小孩生活看看，讓自己好好想一下一個人的意義。為什麼會選擇離婚？因為我知道那段關係是 innocent，你還是覺得這個人是好，他還是有你愛的地方，但你知道生活環境會讓這段感情變糟，我又不可能選擇她的生活方式，所以就決定我們兩個都離開這一段關係。

陳：當年《徵婚啟事》是在探索婚姻，徵婚過程是真實的互動，這些徵婚者在我面前呈現對婚姻的條件或種種，讓我去反思原來他認為婚姻是這麼一件事，而我自己對婚姻又是什麼看法。這個作品有意思的地方在於，我雖然是作者，但進行的程中我不能自己決定內容，而是由那些跟我互動的男子啟動內容。透過互動，我去反思婚姻到底是什麼？

胡：這三十年來，你接觸到台灣男性，你覺得他們對婚姻的想像是有改變的嗎？

陳：我接觸台灣男人還是比較少，就是《徵婚啟事》的時候才一次接觸到一百多位台灣男人。而且徵婚後，我又跟前德國男友恢復關係，當初分手是因為他媽媽不贊成我們結婚，我便去徵婚。徵過了，沒找到對象，我又回去跟他在一起。可是就在有一天，我一個人去看電影，遇到我前夫，我就在短短一天決定要跟他走。從跟前男友分手後，去徵婚，之後又復合，然後又分手去閃婚，整個過程只有一兩年。

胡：那算是感情關係的大變化階段。而且這四十二個人，對你來說都是過眼雲煙了。只是我比較好奇現在讀者會怎麼看這本書？

陳：我現在重新在看三十三年前的行為，覺得它有一點像今天的 Tinder。只是我當時並非在找炮友。

胡：沒錯，Tinder 確實如此，而且以前看文字，現在是看照片。

陳：我沒玩過 Tinder，但感覺現在沒有人在徵婚了，大家是在找炮友。

胡：這樣大家才會注意到是一個有趣的反向舉動。

陳：如果 Tinder 是找炮友的，真正要找對象是要去哪？

胡：有人只要肉體關係，之後不需要任何連結，甚至不知道彼此真實姓名。

陳：我是不會做這些事情。如果我們社會的關係已經走到這一面，那有沒有另外一面？仍然相信感情的那一種？

胡：感情關係類似像光譜。肉體跟愛，每個人放的比重不一樣。如果大家都不相信婚姻的時候又會怎麼去思考愛？不過，這個時代，是有更多樣性的關係讓大家更自由地去選擇。

陳：我經歷的年代，根本不用約炮，像是在巴黎、義大利，路上隨處有人在追求，那時候的氛圍是到處都是交友機會，不用去 Tinder。

胡：現在的社會就是依賴網路，巴黎可能也變了。其實能夠約出去直接見面，這種人與人互動的過程裡，語言還有它存在的意義。

陳：我懷疑那些在網路上找炮友的人，是不是真實生活中，沒有跟人互動，沒有交往經歷，都活在網路世界中。

胡：有可能他們是害怕進入一段關係，怕與人發生真實的感情，或許沒有辦法享受愛的感覺也是這個時代很大的問題。

陳：現在的約炮現象，我比較沒有辦法體會。

胡：台灣男性很少去談對婚姻的想像。其實我贊成多談談。

陳：我不會撒嬌，也不溫柔，我本來認同法國作家莒哈絲說的，真正的愛是激情，是很激烈的，不可能溫柔。但其實我不溫柔也不激烈，對感情也太懦弱了。我在某一方面很勇敢，像是去採訪過戰爭現場，去全球各地採訪各國總統，更早在西班牙街頭跟劇團巡迴表演，等等，我擁有一個奇特人生。儘管我的個性，像是霸道總裁又無厘頭，有時也像是無理取鬧的小孩，但我前夫都可以接受。不過，現在的關係裡，卻又像女王變女僕，我的無厘頭不能隨便發作，不然對方會不高興，會引起很大的誤會，個性變得謹慎起來。會去設想他人處境。

胡：可見人生有時候是你以前在情感關係中沒有意識到的，會在下一段關係中回來找你。

陳：對，最後就是像佛教說的「修持」自己的心很重要。雖然我沒有信仰，但我相信 Faith，我情緒很容易混亂，後來就覺得要用出家人的方法去修持，讓自己的心平靜一點。

胡：還是回到自己的內心。只是你不是把它交給任何宗教，這種簡便的法門，而是透過寫作、透過閱讀回到內心。

陳：什麼都可以，平靜就最好。

胡：就算是沒有愛的人生，你還是會堅持到人生最後一刻嗎？

陳：人生還是有很多意想不到的事，就像我因為結不了婚，去做徵婚啟事，然後又馬上結婚。人生境遇不是自己可以安排的，也不用那麼絕望。因為我缺乏安全感，很容易質疑自己，所以我也提醒自己這樣不好，希望自己是陽光的、樂觀的、甚至可以幫助別人的，我很想展現多樣的我。

胡：這個的確可以透過修持去改變。

陳：活著就是呼吸，觀察自己的呼吸，而不是一個投射在別人身上的愛。不過，我現在說都是後設，因為我現在是在一個情感關係裡。有時候我會覺得自己像出家，但我不想出家，因為我覺得在七情八欲裡打轉還蠻好玩，應該享受這樣的狀態。

胡：七情八欲還是人的根本，雖然我們要去跟這些人這些事相處，但相處完還是覺得這是快樂的事情。人生還是因為這些事情你會有很豐富。

陳：我現在是後設，如果有一天沒有愛情或婚姻，我一定會和平地跟自己相處。雖然我們從徵婚聊到離婚，又勸大家不要結婚。哈哈，最終，自己還是要跟自己好好相處。

胡：這些話跟年輕人講可能沒什麼用，因為有些事情一定要經歷過，經歷的過程本身就是有趣的。

陳：所以是叫年輕人趕快去約炮嗎？

胡：不是。是叫年輕人如果真的想要經歷愛，有找到對的人，就去感受。沒有找到就跟自己相處。

陳：結不結婚，遇得到遇不到真愛，有時候只能任由老天決定。

胡：跟自己相處，你的人生過得精彩，就像你也是人生經歷精彩，就會遇到精彩的人。

（本文為二〇二二年十一月十五日與國立中央大學中文系助理教授胡川安於 Teams 對談紀錄）

附錄

交友與徵婚

不論新時代舊時代，你都需要交友

陳玉慧 vs 楊士範

楊士範（以下簡稱楊）：

現在大家比較少在討論徵婚，很多人都用交友軟體去認識人，但不管是交往或是結婚對象都不太容易找到，我發現不少女性朋友都有類似的困擾，不知道有沒有什麼方法可以讓交友變得更簡單。不知道你怎麼看這現象？

陳玉慧（以下簡稱陳）：

這是個大題目。三十三年前，我在《自立晚報》、《聯合報》和《中國時報》刊登了小廣告。那時候是一個很不錯的年代，社會開始開放。但沒有開放到一個女生主動去徵婚，一般都是男生徵婚挑選女生。所以當時我比較大膽一點。

現在我們看臉書、推特或Tinder很多社群工具。像在德國也有交友軟體，直接徵求夥伴一起出去玩，真的是找「遊伴」。其實一起出去玩了幾次，遊伴變玩伴，也就有可能是另一半了。當年我是明目張膽地寫著要結婚，不過我有一句是「先友後婚」，其實都是一樣的目的。

徵婚其實是很困難的，當初來了一百多人，我見了四十二個人，再跟其中兩三人變成朋友。其餘的人給我的感覺都不好相處。不過，呵呵，我其實更難相處也不一定。

我沒有玩過Tinder，聽朋友分享，就是不喜歡的滑過去，喜歡的就去留住他，想要交友的核心動機都沒有變，但根據統計有一半以上是希望約炮友，想要結婚的，或是能夠結婚的，並不多。

尋找愛情和婚姻一直是人類的恆古議題。交友軟體就是讓尋偶的行為變得快速而且範圍擴大，像是我有個比我年輕的女朋友，她在Tinder上一會設定居住倫敦，一會又設訂成法國或義大利，她一次歐洲行便四處約炮，認識不少歐洲男人，她的旅行就是去跟那些人見面，玩不勝玩。

雖然這樣的模式很有趣，但回頭來看當年的徵婚，是有差別的。我必須承認一九八九年，我也和徵婚對象變成朋友發生性關係。那時社會才剛開放，因為當時《徵婚啟事》在報紙副刊連載，才三天，就收到很多衛道人士寫信抗議，於是副刊刊載也就被停掉了。書要出版時，我便字隻不再提到性生活了。

整體而言，《徵婚啟事》對我來說比較是創作上的嘗試，像是無形劇場，發生在日常生活裡面的表演。透過這個實驗，有意在形式上做個挑戰，看是不是能撞擊出文學的火花。

楊：Tinder 跟徵婚有相同也有相異之處。現在 Tinder 的自我介紹寫法很多元，有的人是自爆家門，有些部分寫得非常詳細；有些人則是很神秘，什麼都不寫。試想，當年的徵婚小廣告文案，如果放在 Tinder 上，然後再寫一段自我介紹，感覺就會被歸類為文青掛，有點神秘，又有點細節，想要吸引人注意。徵婚和交友軟體不同的是，刊登在報紙上小廣告上沒有照片。現在交友軟體一定要放照片，沒有照片很可能就沒人參與。不過，我覺得徵婚從零到有，且更有儀式感。說不定，現在有人把你的徵婚文案，放到他的 Tinder 上，當作某種「識別」，看得懂得的人，就代表他也知道這本書，這些故事，或許吸引到的對象可以進而更快速地建立關係。不過，既然有一百多位應徵，被挑選出來的四十二位，為什麼讓我感覺互動的經驗不愉快的較多？難道一百多位中沒有愉快的嗎？還是刻意不想把比較愉快地寫出來？

陳：我是很忠實地記錄跟他們的對談，印象中沒有不愉快的。或許是那個年代想要徵婚的人，多半比較邊緣，而我自己也是個邊緣人，碰面聊聊彼此過去，大家都嚴肅。像是我印象中，有一位一直強調他從小命不好，中年也不命不好，現在快要老年了也命不好，讓我無言以對，自然也不覺得他是合適的結婚對象。其實有幾位有趣的。有時也搞笑了我，不過大部分的徵婚者都滿自我中心，甚至還有人讓我覺得在說大謊，尤其那些主動提到性經驗和性生活的，像是有位年紀很大的軍方男士說，他去巴黎可以在布隆尼森林路邊就找到女人發生性關係，當他說那些經驗時，我也沒有打斷他，路邊站著女人，但不表示路邊可以性交啊。而我是去徵婚不是做一個評論者，所以他說什麼我就聽，只是觀察，聽聽而已。有一位男士則是主動告訴我，他沒有女友，也沒有性生活，但是有各種充氣娃娃，問我要不要去他家看看。這聽起來是有趣的，但到家去看他的充氣娃娃，我並沒有興趣啊。

楊：所以你在刊登徵婚時，對婚姻沒有任何的期待嗎？

陳：沒有，我當時本來有個男朋友，因為他父母的反對我們結婚。所以我和他分手，離開德國，回到台灣三個月，回台灣飛機上，我想到他姊姊有個優秀的女朋友，一直找不到對象，就在法蘭克福的報紙上刊登徵婚廣告，內容很風趣，寫說：我不太相信在報紙上可以找到什麼對象，反正我本來就是找不到對象，不過就試試一次吧！沒想到她就真的找到對象，幾個月之後就結婚了。在德國時，我的生活重心都放在計畫和準備結婚，只是他的父母要我們去簽署類似財產分配協議。當時這份文件有點傷到我的自尊心，因為我不是為了他的財產要結婚的。所以我就不跟他結了。雖然後來徵婚後，回到德國我還是回到他身邊，而且前後長達八年。但是他父母對我的看法讓我失望。不過這些都過了。透過徵婚去看台灣社會和男人，也透過徵婚議題去看社會對女性的要求，那時候我也才三十出頭，在那時剛剛開放的社會氛圍中，做這種實驗性的題目真的非常有趣。我很幸運。

楊：你剛提到有衛道人士寫信去報社抗議，儘管台灣已經解嚴三十年了，隨處可見那些看不順眼別人的人，就想要去到處檢舉到處申訴的人還是大有人在，酸民很多，但是能夠對社會氛圍產生突破性或是掀起討論的議題不多見，不知道你覺得當年那些衛道人士會對《徵婚啟事》看不順眼的原因是什麼？

陳：我也不知道。最近有一部電影叫「Tinder 大騙局」說得是有個男人在交友軟體上如何騙了很多女人。讓我回想起當初面對這些徵婚者，從他們的對話裡，也會覺得是個騙局。例如很多人會主動聊到性，對性生活的話題很有興趣，明顯意圖是要找性伴侶。或是只是通電話劈頭就問女生幾歲，感覺就是在找處女。甚至有的男人說，如果和他上床，他會送珠寶禮物等。還有人問我是不是婚姻介紹所。也有人遊說我去開戶買股票，或者一起創業。人性自古皆然。這樣的提問幾次讓我覺得被冒犯，更不用說會起心動念和他們結婚。那些年，某些衛道人士不開心，主要是她或他們那時還不知道女性主體論的重要吧。

楊：從不同階段版本的序文中，可以看出你對婚姻的想法也隨著時間有所不同，你現在覺得結婚不重要了嗎？還是婚姻是另外一種關係呢？

陳：我對婚姻的想法是改變了，三十年中，我結婚了，但幾年前我的態度轉變，因為我離婚了。對婚姻有所體會後，對婚姻的看法確實又不一樣了。

楊：你現在對於婚姻的看法是什麼？

陳：如果不是出於真愛，最好不要結婚。就算出於真愛，婚姻也不一定可以永遠維持。

楊：當時你對於結婚有一些執著嗎？

陳：做徵婚啟事時，那時的我，對婚姻一無所知，想知道婚姻關係是什麼，以為人人都需要婚姻，所以我想結婚。不過現在人生歷練不同了，人生有更重要的事要參予，除非必要，就不會再想要結婚了。

楊：《徵婚啟事》是你三個月就完成的創作，你也沒想到這一本書會被延續下去，每隔一陣子就有不同形式的影視及舞台劇的改編，這本書對你後來的創作歷程有什麼影響嗎？

陳：那次的創作過程很過癮，像是一個小品。之後我的創作都在是歷史小說、家族小說，嘗試非常複雜龐大的創作內容，寫了十本小說，而且這些結構龐大的小說都寫得有點辛苦。《徵婚啟事》雖然被定義為小說，因為議題的關係，從一九九二年發行後，就是暢銷書，被改編成電影、舞台劇等，我沒有想到得到這麼大的迴響，這本書到現在的版稅收入都還在養著我。是寫作路上最特別的一本書。至今，偶而高中大學社團也會寫訊息給我，說希望能夠授權讓他們改編這個作品，可見得還是有人在關注這本書。

楊：《徵婚啟事》被改編成電影、舞台劇，身為原創者，看到這些不同形式的改編，有沒有哪個版本是你最喜歡的？或是帶給你不同的感受？

陳：《徵婚啟事》被李國修老師改編為舞台劇，他是個喜劇大王，一個人飾演這麼多種男性的角色，一下子演浙江口音的將軍、一下子演台灣國語的水電工，一下子變成胖子，在舞台上變化角色的速度像川劇變臉一樣快速，看到他的各種嘗試還是非常興奮，覺得很好玩。觀眾都聚焦在他的表演上，相較之下，女主角的女性意識和人設就稍微比較少些。但李國修的徵婚啟事真的超級傑出的喜劇作品，只有他才辦得到。我專程去紐約去看該戲的巡演，我被他的表演逗得哈哈大笑。後來在台北又看了一次，觀眾也都是大樂，票房其佳。而陳國富的電影版得獎無數，我住在國外，無緣親睹，一直到去年才在MOD上看到數位修復版。他讓劉若英飾演女主角演一個眼科醫生，用眼科醫生作為角色設定，應該是希望眼科醫生可以更清楚看男性，因為她無法和真正所愛的人結婚，所以才去徵婚。徵婚過程中，她和一位徵婚男士上床後，回家就哭了。為什麼和徵婚男人上床後要傷心呢？這應該是要高興的事情，這一幕我不太了解。因為無論今天或卅年前，我是不會哭的。當時的社會很開放，對於創作者來說已是個黃金年代，什麼事情都有可能。但是一個男性導演安排女性徵婚者因為和不是所愛的人上床後，居然哭了，這並不是原著的內容。

楊：會不會因為導演是男性，在處理女性文本時產生了差異？

陳：卅年前，或許大部分的女性，跟不是自己所愛的人上床都會哭吧，因為當時社會開放，但性議題沒有那麼開放，而且愛滋病情的反撲，性觀念反而變得保守了。我聽到現在的年輕人說他們可以在公共廁所或教室進行性行為，我都覺得性議題愈來愈不可同日而語。

楊：您覺得現在使用交友軟體的人和當年想要徵婚的人，對於結婚這件事，心態上會有所不同嗎？

陳：我做完《徵婚啟事》，沒多久就結婚了，我沒有玩過交友軟體。

楊：我自己的觀察是五、六年前使用交友軟體和現在使用交友軟體的人，心態上是不同的。早期使用交友軟體的人，確實有些人是把交友軟體當作追求短暫關係的工具，不論是一夜情、多夜情、性伴侶或找砲友等等的稱呼，目的就是短暫的關係。但是這兩年交友軟體上不可否認還是有追求短暫關係的人，但它已經變成一種管道，不論男生還是女生，不管要不要結婚，就是希望可以遇到可以相處的對象，簡單來說。比較不同的交友管道：徵婚、交友軟體或是朋友介紹，對我來說都是一樣的，一樣可以接觸不同對象。但是如果是朋友介紹，哪有可能你和對方是處在比較接近的生活圈，不管是教育程度、興趣、或是日常接觸的事物，會比較接近，比較容易互相理解。但是從 Tinder 這類交友軟體，接觸到的人可能來自不同城市、不同生活領域，你們之間的差異性比較大，這是和徵婚或朋友介紹最大的不同。再加上，不論是從哪一種管道接觸到的對象，對方對你們的關係的想像或是期待，是不同的。像是我自己也是會把不同的關係視為不同階段的不同需求，只是有些需求是長的，或是短的，或是希望一個永久的關係，就是每個人的需求不同。

陳：過了三十年，不管是新時代還是舊時代，大家對感情關係的討論都還是差不多，不管是老瓶裝新酒，或新瓶裝老酒。當再回頭問當年為什麼要徵婚寫徵婚啟事時？我反而會期待讀者更關注文學及創作形式的討論。

（本文為二〇二二年十一月二日與《The News Lens 關鍵評論網》共同創辦人楊士範／Mario Yang 於 Teams 對談紀錄）

保有主體性，才能追求幸福

陳玉慧 VS 張瑋軒

張瑋軒（以下簡稱張）：

三十三年前，您做了當時女生幾乎不會做的事——主動在報紙上徵婚，後來改變引起很多效應。像我這樣年紀的女生，幾乎沒有想過徵婚。我是從小不會夢想要結婚、沒有規劃過自己的婚禮，從來沒有想過要穿上白紗的那種女孩。

還記得我十六歲時，我讀女校，同學會聊些風花雪月跟浪漫的想像，我就直接跟大家宣誓我是注定不會結婚的人。當時然後我的好朋友還跟我賭打賭那時候我們都很喜歡覺得很浪漫的飲料——左岸咖啡館六瓶，賭我一定會結婚。

有趣的是，我是在三十歲出頭遇到我先生，在一起三個月，我們就是閃婚。

陳玉慧（以下簡稱陳）：

我是一天。

張：我知道！那個真的太了不起了，非常瘋狂。所以這本書我覺得重點不是徵婚的動作，而是看到你在做這件事情的主體性。過去大眾認為女生可能是被追求的人，或是要等著別人來告白。到現在我們這個時代，都還有一點點這種迷思，就是女生不能主動追求別人，好像會很沒有價值。其實我看到你說閃婚也好，《徵婚啟事》也好，我看見的是一個女性知道自己要什麼，試圖去發出一個聲音，無論是透過什麼方法，三十三年前是登報，我們現在Tinder，在交友軟體上寫說「我喜歡爬山的男人」。其實本質是一樣的，只是用不同媒介來表達我想要什麼。所以看你一天遇到就愛上了，就是因為你知道你要什麼。因為我也蠻知道我要什麼，所以當我遇到我先生的第一天，腦袋裡是生平第一次出現「完蛋」了。

陳：你結婚之前沒有談戀愛嗎？

張：有，但是談戀愛但是就是純談戀愛，沒想過結婚。我一直是保持著沒有必要不需要結婚，如果沒有要生小孩，好像也不用結婚。所以結婚對我來說不是我想要去做的事。因為我不是很相信婚姻制度的人。我相信的是愛情，所以婚姻對我來說沒有那麼重要，但是戀愛對我來說很重要，我有個座右銘，就是我要談一輩子的戀愛。

陳：《徵婚啟事》是跟徵婚沒有關係，是一個女性怎麼表現自己對社會的看法。當時是在一個剛解嚴的社會，女性可以做什麼，不能做什麼，結不結婚並不重要，我也不覺得結婚重要。但是因為婚姻是大家都重視的題材，我透過這個題材想知道說男人有什麼反應？社會有什麼反應？果然引起非常多的反應。

張：是從女性主體性發出聲音，很像社會實驗，很像行動藝術。

陳：就像瑪莉娜的「凝視」。就是透過自身的親身經驗，和別人互動，完成作品。

張：對我來說它是很像行為藝術的展現，讓人看見女性的主體性跟能動性，尤其是那個年代，是很了不起的。

陳：那個時候，社會真的也是剛剛開放，所以是大膽有趣的實驗。

張：而且符合社會需要的嘗試，我看見你記錄了跟不同男人見面的反應，如果讓你再來一次，你想要再遇到什麼樣子的人？或是期待什麼樣子的人會讓你覺得有趣？

陳：我現在覺得結婚有點無聊了。我不會重新徵婚，但是會有點懷念，因為當時這是創作形式上的創新。作為創作者，會希望有類似題目可以做，但不是徵婚，到現在一直找都找不到。我曾經很想寫我柏林家門口那棵樹的故事，有一天樹被偷走了，我為了找回它做了很多事情，但那是一顆樹的故事。

張：感覺很像一個戲劇的開頭。

陳：總之，我覺得徵婚很遜，玩 Tinder 也很遜。但是要找到新的創作形式，就好像很難。

張：這個時代每一個人其實都有能力創作，也都在創作。因為現在有各種平台臉書、ＩＧ都在創作，各種影片、YouTube、推特、小紅書或抖音等。現在是一個資訊氾濫到如同宇宙大爆炸都不足以形容。就像是一個黑洞，所有訊息都在發生，但都沒有辦法被好好的消化，所以一個事情發生，就被丟入黑洞，就不見了，一直發生，一直不見。除了創業，我也很喜歡寫作，以前也是讀戲劇的。創作有時候是在追求某種不朽，就是希望能夠留下來，不會被黑洞吃掉的東西，也是我很想要尋找的東西。人會很想進入婚姻的關係，就證明愛情的神聖，或者愛情的完美，或是認為婚姻是愛情最高的藝術表現形式。像是某種程度的不朽。來呼應婚姻之於很多人在生命中的重要性。我對那棵樹的故事還蠻好奇的。

陳：但因為要書寫這棵樹太累了，要為它投擲無數的時間。我懷疑別人會關心那棵樹？

張：你最近的作品《我們》，就是談談自然、談人與地球，那樣的議題是愈來愈多人在關注。三十三年前，作為一個女人，你和那麼多人面試的舉動真的非常大膽，是對當時社會的一個反擊。現在三十三年後，人類遇到新的困境，好多人覺得地球壞掉了、地球快融化了，溫度變高了，甚至想要去另一顆星球。另外，還有另外一群人覺得現在是虛無主義，政府無用、法律無用、社會制度無用。然後有虛擬貨幣，各種虛擬的世界，人與人的相處越來越稀薄。我們面對面坐在這裡，不如回家打遊戲，在線上跟遠方的同學在遊戲中互稱夫妻，然後就打得很愉快。簡言之，現在人與人的關係已經錯綜複雜到需要去重新思考定位。所以，我會思考虛擬與實際之間的關聯性到底是什麼？回到婚姻關係中，假設你的伴侶是婚姻關係，但他在遊戲世界中有另外一個伴侶關係，你會覺得這是出軌嗎？還是你覺得出軌不需要被討論，因為人的感情本來就是流動的？

陳：我一輩子都在出軌，不管是親密關係、婚姻關係或是任何創作都是。因為我的生長背景不是眷村、也不是「外省人」，也不是「本省人」，當我什麼都不是，我當然就是出軌，因為我沒有站在任何軌道上。「出軌」這兩個字對我沒有特別的意義，更多是精神上。還是像結婚證書上說的配偶要相敬如賓。當我們還把對方當成最上賓時，關係就維繫了，其他的都是次要的。

張：現在社會有一個新的戀愛的定義叫做開放性關係。某個程度就是雙方合意出軌。其實我覺得挺好的。如果兩方都知道還很有可能會促進感情真正的深層對話，而不是我們結婚了，關係就到終點。而是就算結婚了，關係持續很動態很 dynamic。是一個會此消彼長，是流動的關係。

陳：我覺得所有的關係都應該是開放性關係，就算是友情、親情，就算是家人。因為如果你不開放就是關閉，那樣關係就不會成長。只是對開放性關係的定義是什麼？出軌的定義是什麼？三年前，我在印尼雅加達碰到一個印尼女生，她告訴我她是在開放性關係裡，我就問她的開放性關係定義是什麼？她說他們可以各有各的性伴侶關係，但是不能在他們各自家中的那一張床上。他們本來便不住同一國家，也沒有共同擁有的一張床，而是各睡各的床。我覺得關係怎麼會限制在那張床呢？所以每個人的定義都不一樣。

張：定義是有意思的。顯現你於女生的主體性有自己的想法。不論是三十三年前的創作，或是生活選擇上。為什麼你會覺得現在多數人用 Tider 快速認識不同人的行為很遜？

陳：我沒有辦法接受我要被人家選擇。我自己決定一切。其實，我沒有要批評玩 Tinder 的人，只是我不想玩，不想被滑過去。

張：在 Tinder 女性也有權利去選擇左滑還是右滑，某種程度是平等的。只是交友軟體的機制受到照片或第一眼的限制。不過，回到《徵婚啟事》，我能感受最多的就是主體性，一個女人要如何保持？我看你持續創作，不停有新的關注，把視野主動凝視到你所感興趣的地方，不論是一棵樹或一個森林，女人主動選擇目光所及之處，也是一種非常重要的生命實踐。我在自己的書《我的世界一定要有貓尾捲捲巷》裡有談到，第一次去大安森林公園抱樹，當時很擔心別人會不會覺得我很奇怪，但是後來跟自己說我就是想做這件事，真的去抱樹的時候，我發現根本沒有人看我在幹嘛。那一刻我覺得有種束縛被解放的感覺。不知道老師有沒有類似的經驗？或是有沒有被凝視被關注的經驗呢？

陳：我是一個敏感的靈魂，所以別人對我的反應，我是在乎的。我關心身處環境中每一個人的感受。就像當年來跟徵婚的人，我也關心他們的感受。我從來不覺得自己是主流，而是邊緣人物。當初只是帶著實驗的想法，寫了一本書，我真的沒想到引起這麼大的迴響。

張：因為這本書確實做到了一些很多人想做但是不敢做的事，是很不一樣的生命經驗和對生命的想像。

陳：那時候我已經三十歲了。我在巴黎那八年，周遭都是世界頂級歷史人物。我的室友 Sophia Calle 是法國著名前衛藝術家；我跟最著名的攝影師亨利布列松一起喝酒；在街上碰到《等待果陀》的劇作家貝克特，我讀的是著名的 Jacque lecoq 演員學校，在陽光劇團跟女導演莫努斯金實習，所以當時我有足夠的人生經驗來做「徵婚啟事」。

張：三十三年後，大家看到這件事情還是覺得很有啟發性，這就是經典之所以能為經典，就像現在大家聽到莎士比亞的「羅密歐與茱麗葉」，還是會覺得很動人。

陳：我寫這本書的時候沒有一點偽善之心，一點都沒有想要批評這些男人，我跟他們是平等的。基本上是用平等眼光去面對他們，其實我看到的是我自己。我不知道妳喜不喜歡法國導演侯麥的電影？愛情總是這樣子，你這樣想，我這樣想。就像其中一個徵婚者說的，我們就像平行火車，在平行軌道上往前走，如果交會就撞車了理想的愛情是極少的，如果有人覺得他們擁有理想的愛情，那就真的很幸運。我曾經擁有，可是我也失去。

張：現在很多人會說女性不結婚是一個國安的議題，或者女性不結婚就是女性太挑，因為女性高學歷、出過國，我並不認為是這樣，每個人有自己的生命經驗，會在生命有自己的傳奇。當你確實看過很多一流的人，受到很多思想的啟迪跟薰陶，要遇到一個像你有同樣的視野、同樣的關懷，可能非常困難。很多人會說「我想找的是靈魂伴侶」，可是因為你的靈魂這麼的豐沛、這麼稀有，找對象對你來說會不會是一件困難的事？要如何幫助大家去看到不一樣的維度？

陳：我的人生奇遇很多，但我也因此遇到更奇特的人。其實，我和男人來往是困難的，別人有用兩個字來教我，但我沒有學會，那就是「撒嬌」。是說不管你多厲害、多聰明或是多有錢。在你的對象面前，會撒嬌才是王道，那是女性擁有的特質之一，但我是一個講究思想表達準確的人，無時無刻在在要求話語準確，這樣子和伴侶相處是非常累的。有人教我這兩個字，老實說，我想學，但我學不會。我覺得太難了，要撒嬌，對我真的太難了。

張：我也很喜歡言辭準確，這個過程有時候會讓周遭的人覺得緊張，但我真心喜歡言詞精準，這樣才能夠被理解、被傳遞、被接受，所以語言真的是一個很大的障礙。

陳：聖修伯里說的，「語言是最大的誤會泉源」。

張：謝謝你提到撒嬌這件事，我很有感觸，我現在起雞皮疙瘩，因為這讓我很有共鳴。我遇到我先生之前是不會撒嬌的人，不知道撒嬌是什麼，對父母不會、對朋友也不會。甚至跟別人相處都要求要精準表達，要很到位，要用理性分析當下的狀況。所以你提到撒嬌的時候，我有點驚訝，因為我沒有想到這個詞彙出現在你口中。

陳：但我沒有學會啊。

張：當你說你還沒有學會那的時候，就學會了。

陳：哈，一點點吧。

張：當你聽到別人教你要學會撒嬌的時候的反應是什麼？

陳：這輩子我從來沒做過這件事情，這就要追溯到我的童年。我長大的環境是杯盤經常從我頭上飛過。我的父母對我沒有愛。不但沒有愛，還要學會保護自己，所以部份的我防禦心很重，生怕別人誤會，或是覺得別人其實根本不會關愛我，反而變成挑剔別人了。再加上我很小就出國，因為父母沒有給我錢，一直都在打工，那個環境造就了我的勇敢。試想像我這樣的小孩，長大後會有什麼樣的人生態度？一生只知努力及自省，所以當我被提醒要撒嬌的時候，是給我一個反思的角度，我不妨就敞開一點，撒點嬌又如何？我會學學看。

張：謝謝你願意出自內心分享，童年和原生家庭經驗真的是很困難。

陳：我在巴黎和德國有將近有二十年時間都在做心理分析，甚至後來覺得還是創作吧，把自己心裡的事全寫下來，自己敞開自己，最後還是靠自己。我媽媽是十八歲的懷孕，因為那時候她是未婚，外公外婆不同意她和我父親來往，她曾打算把我墮胎掉。我也覺得我是一個要被墮胎掉的小孩。

張：我也是後來長大後，有時候回憶起才發現，原來裡面有這麼大的一個委屈，不是被遺棄，但就是一種不被需要，不被重視的一個狀態。

陳：所以你問我怎麼跟男性相處？因為我已經走那麼遠了，而且見過太多人事物。我卻不知道怎麼好好利用女性真正的優勢。

張：我不知道撒嬌是不是女性的優勢。對我來說，更像是展現脆弱，坦承 vulnerability。撒嬌這個詞本身可能包含對方對你的心疼，或是希望妳在他面前可以偶爾放鬆，感受生命，是對你的祝福。就像我很喜歡 Brene Brown 的一場ＴＥＤ演講「脆弱的力量」，談的就是怎麼真誠面對自己的脆弱，怎麼跟他人揭露與連結。而我覺得你都把脆弱都放在書裡面，是透過書中角色去對話跟討論。

陳：因為從小沒有那種家的感覺，慢慢地就變養成一個態度，就是我在哪裡寫作，那裡就是我的家。

張：你還會覺得自己是無家之人嗎？

陳：還好，但我所有的歸屬感，都是在寫作裡面表現，其實我每本書都跟台灣有關。

張：你看過這麼多精彩的世界，去過那麼多地方，談過那麼多戀愛，你會有什麼話想跟年輕的女孩說嗎？

陳：剛才我們聊到「open」這個字，就是要打開自己，然後活在更寬廣的世界，一定要去旅行，一定要多接觸各種事物，多接觸人。

張：那受傷的時候該怎麼辦？

陳：把受傷當成人生必經之事，不可能不受傷的。以前有十八歲的女孩跟我說，羨慕我年輕的時候就可以出國，說她自己也很想出國，但是因為沒有錢辦法出國。其實那就是觀念和行動的問題，如果她真的很想出國，就會去打工賺錢。如果不做，其實就是沒那麼想。

張：如果有人現在讀到《徵婚啟事》，很受到鼓舞，然後就去徵婚了，但可能遇到的人都一塌糊塗。

陳：是在 Tinder 上被騙財騙色之類嗎？被騙色我會為她高興，但被騙財一點都不好。

張：聽起來你隨時有第二隻眼睛觀察自己在當下的感受，還有跟另外一個人的互動的狀態。再回頭來對於當時的詮釋理解與經驗。

陳：我是有點想要放棄這種態度了，也許是我有從事記者的經驗，也許我有從事劇場經驗。就是會以第三者角度觀察。可是，我發現活在當下，享受那個時刻，才是好的。扮演觀察者，不論是寫報導或者寫作，必須都要有冷靜的態度。我維持那種習慣，因為寫作，像德國作家藍茨說的，寫作者和寫作對象最好保持中等距離。距離太遠或太近都不好。只是，一直要努力保持中等距離也很累，所以我寧可從中等距離逐步往前，否則會放棄創作了。活在當下是禪學的概念，不是藝術家的態度。禪學所說的流動，是何等高的境界，一旦如此，創作也不重要了，因為生命那麼無常。

張：但是你喜歡寫作嗎？

陳：沒辦法，我喜歡。

張：我也喜歡，我也在寫。因為有一種能夠透過書寫重新去檢視很多東西。就像我剛剛到小時候的記憶，也是在寫作過程中，才突然意識到那個狀態，原來我還沒有面對它。

陳：完全同意的。我寫《海神家族》，就是在寫我的家族故事。但一直找不到語氣跟語調，到底要跟誰說這個故事。後來，我去做心理分析，心理師就用佛洛依德的「空椅技術」，擺了兩張椅子，一張是我父親，一張是我母親。他要我跟我媽講話。我才被提醒，雖然我爸爸是北京人，但我小時候跟外婆住，只會講閩南語，我跟媽媽也講閩南語。但我十八歲就離開家去讀大學，很多年沒有跟我媽媽講話，當心理師要我跟被當成媽媽的椅子講話的時候，我應該說台語，但我無法向椅子開口說話。但是後來當開始用台語去跟她說話時，整本《海神家族》的語調就被我找到了。很有意思。所以寫作有的時候也是一種療癒，我一直沒辦法原諒他們，為什麼小時候我頭上會有飛過去碗盤？為什麼我不聽話，就要用塑膠管打我的手？當你在寫書的時候，才發現，對，他們真的沒有愛過我。但是當我寫完了，才發現也沒有人愛過他們。因為我爸爸很小隻身來到台灣，我媽媽因為十八歲跟著他被逐出家門，真的沒有人愛過他們，他們根本不知道愛是什麼。

張：所以我們很幸運有機會感受到愛。

陳：寫完就書，是有一個療癒的功能。就像我前夫講的，他們應該是第一個愛我的人，但他們沒有，是很大的傷害。而幸運的是我能寫作，而寫作也具有療癒功能。不過，寫徵婚啟事不是療癒，是幫助我去了解台灣社會和男人。

張：《海神家族》是有很特殊情感的一個作品，如果銷量沒有很好，你會在意嗎？

陳：《海神家族》不但銷量好，且得過所有的文學大獎。

張：但是老師就是一個不放過自己的人，之後又做了好多事，現在的生活又如何呢？

陳：我現在帶著打怪獸的心情在面對生活，我想拍電影，每天都有創作和生活的各種問題要處理。如果日子裡出現怪獸，我能把它打掉，就很開心。抱著打怪獸的心理去處理事情，別人也覺得我很棒。

張：對，你好會打怪獸，讓自己的生活變得很有意思，自己很享受，覺得自己還挺可愛的。

陳：或是如果覺得情緒有點沮喪，那就先不打，趕快去睡覺。因為對自己要求太高，對別人要求也太高。努力學習放低，學會撒嬌。生活真的不容易。

張：撒嬌某種程度是你要能夠跟自己妥協，能夠展現自己的脆弱。就像我們提到的女生的主體性，希望自己經濟獨立，有自己的事業成就，對女生來說，都是不容易的事，你可以擁有經濟獨立可以有事業，但是依然可以撒嬌，就看跟誰撒嬌。

陳：我覺得真的撒嬌也是一堂課，有的人是天性就是會撒嬌，像我有個朋友她好像兄弟姊妹很多，夾在中間，因為會撒嬌，真的完全勝出，他爸爸對他特別好，所以他的人生就是不一樣。像我們這種不會撒嬌的人，有時候比較辛苦。我們常常聽到好萊塢女明星為了要爭取一部電影角色，就是不擇手段，其實也不必吧，就是身段稍微柔軟一點。可能因為我的標準一直都設得很高，所以我對別人的要求也很高。我現在一樣是高標準，可是我就試著用「could you please ?」學習用另外一種語法，用比較委婉或比較柔軟的態度去講同樣的事情。像我們這樣的小孩，因為受的委屈太多了，其實就算抱怨，也沒什麼用。所以就換個方式吧。

張：對，只是會累積很多委屈在裡面。如果用我自己的語言，我覺得撒嬌是像李小龍電影裡說的「Be water」，就是流動的狀態，柔軟的狀態。可以隨著不同的情境而有一些變化狀態，不是「女性魅力」的那種撒嬌，而是變動的流動狀態。我很喜歡西蒙波娃寫過一句話，給我影響很大，她說「追求幸福是最重要，也是唯一的人生的目標」所以，回到最開始談到女性主義者，我也是會把「幸福」這件事情當作很重要的人生目標。追求幸福的過程我還在學習。

陳：西蒙波娃用的字好像是法文的「Jouissance」，比較像是追求享樂，或是男女關係間的歡愉，飲食也可以是一種快感。羅蘭巴特和拉岡也常用這個字。而這個法文字，也是我生活中沒有的，我如今覺得，在生活裡去享受，不管是食物也好，跟人交往短暫交流的快樂也好，小事也罷，享樂，享受快樂，真的是一件好事，那就是真的幸福。

（本文為二〇二二年十一月十日與《女人迷》創辦人暨執行長張瑋軒於時報本舖對談紀錄）

徵婚啟事

《三十年經典再現》

作　者—陳玉慧 Jade Y. Chen
主　輯—林正文
行銷企劃—鄭家謙
封面攝影—陳建維
封面設計—林采薇

董 事 長—趙政岷
出 版 者—時報文化出版企業股份有限公司
一〇八〇一九台北市和平西路三段二四〇號七樓
發行專線—（〇二）二三〇六—六八四二
讀者服務專線—〇八〇〇—二三一—七〇五
（〇二）二三〇四—七一〇三
讀者服務傳真—（〇二）二三〇四—六八五八
郵撥—一九三四四七二四時報文化出版公司
信箱—10899 臺北華江橋郵局第 99 信箱
時報悅讀網—http://www.readingtimes.com.tw
時報出版愛讀者—http://www.facebook.com/readingtimes.fans
法律顧問—理律法律事務所　陳長文律師、李念祖律師
印　刷—勁達印刷有限公司
初版一刷—二〇二二年十二月九日
定　價—新台幣四〇〇元
（缺頁或破損的書，請寄回更換）

時報文化出版公司成立於一九七五年，
並於一九九九年股票上櫃公開發行，於二〇〇八年脫離中時集團非屬旺中，
以「尊重智慧與創意的文化事業」爲信念。

徵婚啟事 : 30 年經典再現 / 陳玉慧 Jade Y. Chen 著 . -- 一版 .
-- 臺北市 : 時報文化出版企業股份有限公司 , 2022.12
304 面 ; 14.8x21 公分 .

ISBN 978-626-353-221-2 (平裝)

863.57　　111019307

ISBN 978-626-353-221-2
Printed in Taiwan